新潮文庫

鳥と雲と薬草袋／風と双眼鏡、膝掛け毛布

梨木香歩著

新潮社版

11510

目次

鳥と雲と薬草袋

タイトルのこと　14

まなざしからついた地名
01 鶴見　16
02 富士見　18
03 魚見　19

文字に倚り掛からない地名
04 姶良　22
05 諏訪　24
06 田光　25
07 戸畑　27
08 由良　29

消えた地名
09 京北町　31
10 栗野町　32
11 稗貫郡　34
12 武生　36

正月らしい地名
13 松ノ内、月若　38

新しく生まれた地名
14 四国中央市　40
15 南アルプス市　42
16 蒲郡　43
17 東近江市　45
18 八峰町　46

温かな地名
19 日向　49
20 日ノ岡　51
21 椿泊　52
22 小雀　54
23 生見　55

峠についた名まえ
善知鳥峠 24……58
星峠 25……60
月出峠 26……61
冷水峠 27……63
杖突峠 28……65

岬についた名まえ
宗谷岬 29……67
禄剛崎 30……69
樫野崎 31……70
佐田岬 32……72
長崎鼻 33……74

谷戸と迫と熊
殿ヶ谷戸 34……76
小さな谷戸 35……78
水流迫 36……79
唐船ヶ迫 37……81
熊 38……82

晴々とする「バル」
長者原 39……85
西都原 40……87
新田原 41……88
催馬楽 42……90

いくつもの峠を越えて行く
山越 43……92
三太郎越 44……94
二之瀬越 45……95
牧ノ戸峠 46……97

島のもつ名まえ
風早島 47……100
甑島列島 48……102
ショルタ島 49……103

あとがき……106

風と双眼鏡、膝掛け毛布

タイトルのこと 112
始まりの短いあいさつとして

I

塩の道・三州街道の地名 114
足助 50 ……… 114
伊那 51 ……… 116

塩の道・千国街道の地名
安曇野（保高宿） 52 ……… 119

塩の道・秋葉街道の地名
御門・政所 53 ……… 123
相良 54 ……… 127

塩の道・塩津海道の地名
塩津 55 ……… 131

北陸道の地名
岩瀬 56 ……… 136

熊野街道の地名
紀伊長島 57 ……… 140
尾鷲 58 ……… 142
八軒屋 59 ……… 144
布施屋 60 ……… 146

東海道の地名
大津 61 ……… 148
石場（大津宿） 62 ……… 152
矢橋（草津宿） 63 ……… 154
頓宮（土山宿） 64 ……… 155
生野（土山宿） 65 ……… 159
知立（池鯉鮒宿） 66 ……… 162

日光街道の地名
箱根ヶ崎 67 …… 166
雀宮 68 …… 170
五十里 69 …… 171

II
大の字のつく地名
大洗 70 …… 174
大湊 71 …… 177
大曲 72 …… 178
大月 73 …… 180
大沼 74 …… 183
大熊 75 …… 184

ざわっとする地名
姨捨 76 …… 188
毒沢 77 …… 190
銭函 78 …… 192
花市場 79 …… 194
無音 80 …… 195
犬挟 81 …… 197
シタクカエ 82 …… 199

植物系の地名
宿根木 83 …… 203
三本木 84 …… 205
青梅 85 …… 207
麻績 86 …… 209
檜葉 87 …… 210

湖川の傍にある地名
大洞 88 …… 215
海ノ口・海尻 89 …… 219
湊・川岸 90 …… 222
行方 91 …… 226
潮来 92 …… 229
子ノ口 93 …… 233
犬落瀬 94 …… 235
開発・浮気 95 …… 236
小河内 96 …… 240

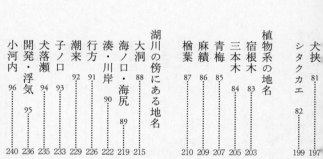

丹波山 97 …… 242
生保内・広久内 98 …… 243

アイヌ文化由来の地名

蕪島 99 …… 248
種差 100 …… 250
是川 101 …… 252
母袋子 102 …… 253
鮫 103 …… 256
星置 104 …… 259
鷹栖 105 …… 261
熊牛 106 …… 263
（かりかん） 107 …… 265
安瀬 108 …… 266
濃昼 109 …… 268
利尻 110 …… 273

国境の地名

人里 111 …… 277
数馬 112 …… 280
猿ヶ京 113 …… 281
法師 114 …… 283
道志 115 …… 284

沖縄の地名

普天間 116 …… 289
読谷山 117 …… 292
喜名 118 …… 295
今帰仁 119 …… 296
平良 120 …… 298
東風平 121 …… 300
富盛 122 …… 302

あとがき …… 304
特別収録　ここは美山と呼ばれる地 …… 306
文庫版あとがき …… 310
解説　薬草袋の効用　吉田篤弘 …… 313

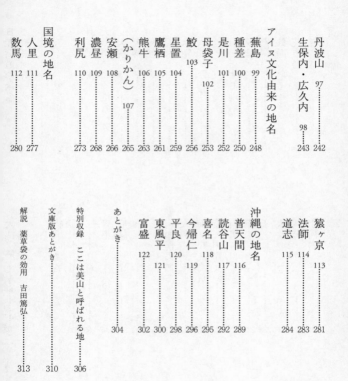

鳥と雲と薬草袋／風と双眼鏡、膝掛け毛布

鳥と雲と薬草袋

野寒布岬
29 宗谷岬
北海道
白神山地
八峰町 18
青森
秋田
岩手
11 稗貫郡
禄剛崎
30
星峠
25
由良海岸
山形
宮城
新潟
24 善知鳥峠
福島
05 諏訪
群馬
28 杖突峠
栃木
02 富士見
野
埼玉
茨城
山梨
34 殿ヶ谷戸
東京
神奈川
千葉
岡
15
南アルプス市
22
小雀
N
0
200km

制作／アトリエ・プラン

鳥と雲と薬草袋　地図

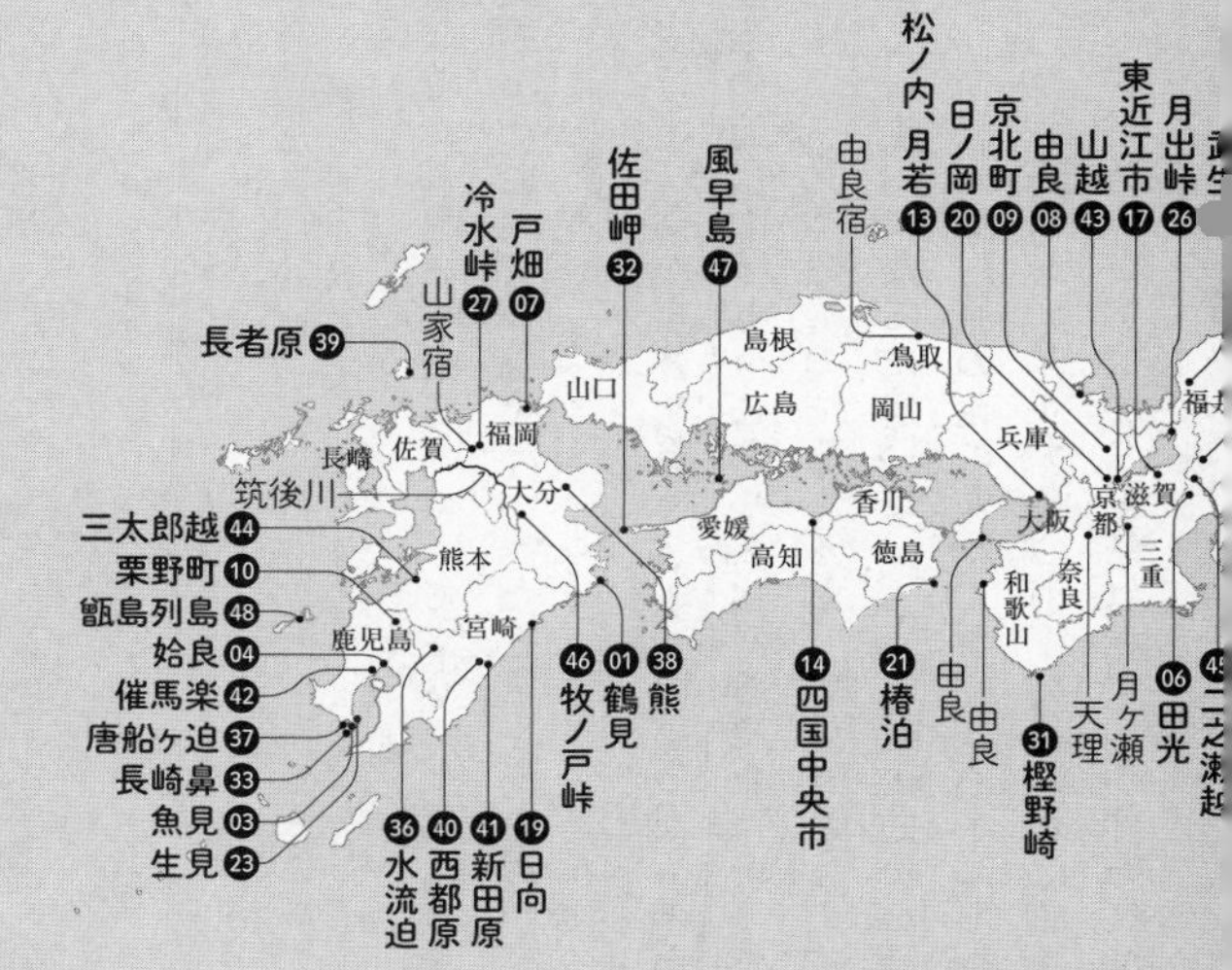
長者原 39
冷水峠 27
戸畑 07
山家宿
佐田岬 32
風早島 47
由良宿
松ノ内、月若 13
日ノ岡 20
京北町 09
由良 08
山越 43
東近江市 17
月出峠 26
三太郎越 44
栗野町 10
甑島列島 48
姶良 04
催馬楽 42
唐船ヶ迫 37
長崎鼻 33
魚見 03
生見 23
筑後川
36 水流迫
40 西都原
41 新田原
19 日向
46 牧ノ戸峠
01 鶴見
38 熊
14 四国中央市
21 椿泊
由良
由良
31 樫野崎
天理
月ヶ瀬
06 田光
島根
鳥取
山口
広島
岡山
兵庫
福岡
佐賀
長崎
大分
熊本
宮崎
鹿児島
愛媛
香川
高知
徳島
大阪
京都
滋賀
奈良
和歌山
三重

タイトルのこと

机の前が窓で、窓の向こうが木立なので、四六時中鳥がやってくるのが見える。木立の向こうには（今のところ）建築物がないので、雲を浮かべたときや何も浮かべていないときの空が見える。

今回このコラムエッセイの依頼を受けて、何か全体を貫くテーマのようなものがあったほうがいいのではないかと、担当の方はおっしゃるし、私自身もそれはそうだと思った。鳥と雲（気象）の話なら、窓から見えるものでもあるし、大好きなものでもあるし、それを書く日々はきっと楽しいものになるに違いない、と（紆余《うよ》曲折あったが）最終的に決めた。薬草袋、というのは、私が旅の鞄《かばん》に入れておくごちゃごちゃ袋のことである。常備薬と、それからいつか訪ねたアドリア海の小さな島のおばあさんからいただいた、ローズマリーやタイム、ラベンダーなどを束ねたブーケ。それが乾燥してとてもいい匂《にお》いなのでずっと入れたままにしている。他の荷物に押されると少し砕けるので、鞄を開けるたび、香気を漂わせるようになった。旅の最中のいろいろなメモも一緒に入っている。重要なものではないが、思い出深くて捨てられない。そういう袋。

タイトルを決めるのに、紆余曲折あった、というのは、ぎりぎりまで「土地の名まえ」をテーマにしたい、という思いがあったからである。含蓄のある、昔から続く土地の名まえの履歴について。準備を重ねるうちに、そういうことは私がいろいろ調べて書くより、もっとふさわしい書き手がいるような気がしてきた。けれど、そのテーマに対する思いも捨てきれず、薬草袋にごちゃごちゃ入っているメモのように、いつか行った土地の名まえ、それにまつわる物語も、鳥や雲の話に合わせて、書いていけたらと思っている。一つのテーマに合わせて、というより、その方が伸びやかで、結局はぜんたいにいいような気がするのだ。

まなざしからついた地名

鶴見　つるみ　01

　窓の向こうは乱層雲。前線を伴う低気圧が近づいていて、大気は荒れ模様。窓の外のシラカシの一群も、雨に打たれてひっそりとしている。こんなとき、鳥はどうしているのだろう。雨の日、木々にやってくる鳥の数は明らかに減るように思うが、激しい風雨をものともせず飛んでいるカラスもいる。むしろこんな夜にこそと渡る鳥たちもいる。外敵に狙《ねら》われにくいということもあるのだろうが、本意はわからない。

　大分県の鶴見半島の鶴見という名は、実際に海の向こうへ飛んでいくツルがここで見られたからついたのだろうか。それとも半島の形自体が細いツルの首を思わせるからだろうか。

どちらも可能性はある。

半島の先端部、鶴御崎《つるみさき》と四国の間、豊後《ぶんご》水道のちょうど真ん中辺りに水の子島という、島というよりは大岩、岩礁《がんしょう》といった風情《ふぜい》の灯台島がある。今は無人だが、昔そこに灯台守がいた頃、嵐《あらし》の夜になると海を渡る鳥たちが光を求めて灯台に激突した。剝《は》製《く》作《せ》りの心得のある灯台守の一人が、嵐の翌朝その鳥たちの死骸《しがい》を回収し、剝製を作り続けた。六十二種、五百五十羽。それらが、鶴御崎にある海事資料館隣の渡り鳥館にある。なかにはこんな鳥がまさか、と驚くような鳥もいるがウグイス類やヒタキ類が多く、さすがにツルはいない。九州のツルの渡りコースは、現在ほとんどが出水《いずみ》から朝鮮半島、シベリア辺りとなっている。豊後水道を渡るのは、東南アジアなどからやってくる鳥たちである。

けれど、果敢に海の向こうへ渡っていく鳥影を、あるときツルと思ったとしても、それはそれでありうることだ。もしくは気候が今と違う昔、今のように保護の手厚い出水だけにツルが集中していなかった昔は、もっと九州の広範囲にツルが渡り、豊後水道などひとまたぎ、自在に行き来していた時代があったのかもしれない。

鶴見という名まえが、唯一《ゆいいつ》その可能性の名残だとしたら、わくわくするようで、それから少し寂しい。

富士見　ふじみ　02

冬場で空気が澄んでいるせいか、昨日、思いがけないところから富士を見た。

江戸時代とは較《くら》べものにならなくても、東京にはまだ富士山の見えるところが結構残っていて、私の住む低層の集合住宅の屋上からも、冬の晴天時、以前は富士山が見えたものだった（今は途中に高層のマンションが建った）。富士見町、とか、富士見が丘という地名を見ると、ああ、昔はここから富士が見えたのだな、と思う。そして富士見町という町名は、また多いのだ。関東、中部の至る所にある。出くわすと、ああ、こんなところからも富士山が見えるのだな、と思うが、青森県弘前《ひろさき》市にもあるのを知ると、え？　と一瞬考え、ああ、岩木山か、と納得する。岩木山は津軽富士とも呼ばれるのだ。その伝で、滋賀県大津市にある富士見台の富士は、近江《おうみ》富士（三上山）の意だし、大分県別府市の富士見町は、豊後富士（由布岳）の意だ。

そういう「富士」は、「郷土富士」と呼ばれ、全国に三二四座以上あるのだそうだ。

小さい頃からあのような円錐《えんすい》形の山を見て大きくなった人と、そうでない山を見て大きくなった人間とでは、「美しさ」というものの基準が、どこか違うような気がする。

私は小さい頃から桜島を見て育った。朝日を浴び、また夕日を浴びる彼の山を見るたび、世の中にこんな美しいものはない、とずっと思っていた。桜島の、それこそ桜の花びらをずらして並べたような繊細なニュアンスをたたえた山頂に較べ、円錐形の山、というのは、どこか単純にすぎないか、そんなに有り難がるようなものだろうかと、子ども心に首を傾《かし》げていた。

その私にして、自分の住まいから富士山が見られなくなったとわかったときの落胆は、自分でも驚くほどだった。桜島と富士山とどっちが美しいか、などというのはきっと愚問なのだろう。昔から敬われてきた山々には人の好みのレベルを越えた、それを仰ぎ見た瞬間敬虔《けいけん》な思いを抱かせる、問答無用の力が備わっているのだろう。

魚見　うおみ　03

錦江湾、鹿児島県指宿《いぶすき》市の沖合に、知林《ちりん》ヶ島《しま》という島がある。その名の響きには幼い子どもの耳をそばだたせるものがある。潮の干満の関係で、その島へ歩いて渡れる道が一日に二回出現する。フランスのモン・サン＝ミシェルの薩摩《さつま》版である。知林ヶ島には修道院はないが、薩摩半島側に小高い丘があり、それを魚見岳という。魚見岳からは知林ヶ島が見下ろせ、日に二回現れるというその小道も一望できる。魚見という名がついた理由は、知らない。漁師が沖合に魚の群れを望見していたのだろうか。それとも引き潮の際には道が現れるほどの浅瀬になるわけだから、そのとき泳ぐ魚が見られたりしたのかもしれない。錦江湾も、昔は本当に透明度の高いきれいな海だった。それが変わったのは喜入《きいれ》原油基地ができてからである。あのときの海の劇的な変化とそれが及ぼした落胆は今でも鮮明に覚えている。

魚見岳のある指宿は温泉の町で、今もそうなのかわからないが、冬になると住宅地を縦横に走る蓋《ふた》のない側溝からもうもうと湯気が立ち上った。地熱でそうなるのか、湯治場からのお湯が流れてそうなるのか、正確なところは今も私は知らないが、ずいぶん遠いところに来ているのだと、幼心に旅情をかきたてられた。それほど、その眺めは壮観だった。午後になるとその湯気もおさまる。流れの中を覗《のぞ》くと、グッピーなどの群れが泳いでいる。熱帯魚なのだと、当時その辺りに住んでいた少年たちがいっていた。昔からそうなのか、誰かが意図的に放した結果なのか、私は知りたいと思ったが、誰も知らなかった。

今年（二〇一一年）十二月に入ってから、同じく南薩の東シナ海側、吹上浜周辺を訪れる機会があり、十二月だというのに赤いカンナの花が咲き乱れている光景に驚いた。温暖化、ということなのだろうか。それとも昔からそうなのだろうか。そのこともまた、地元の人に聞きそびれてしまった。不思議に思いつつ、結局知らないままで一生を過ごすのだろうと思うことが多い。

文字に倚《よ》り掛からない地名

始良　あいら　04

窓の向こうは雨が降っている。目の前に積まれた本、両脇《りょうわき》の本棚、床に至るまで周囲は活字だらけで、唯一活字のない空間が窓の向こうだ。文字抜きでは成り立たない職業を生業《なりわい》としながら（むしろそれだからだろうか）、文字のない世界に憧《あこが》れる。

今でこそ私のように、大地の知恵に溢《あふ》れたそういう世界を貴重なものと思う人びとは多いけれど、アメリカ先住民にアリューシャン列島のアリュート族、オーストラリア先住民アボリジニ、それからアイヌ民族、その他数多くの文字を持たない民族が、文字と鉄をもつ猛々《たけだけ》しい国に蹂躙《じゅうりん》されてきた。日本も、そもそもは文字を持たない民族の国だった。中国大陸から文字というものが入ってきて、それまで使っていた言霊《ことだま》の力を文字という記号に変換するのに必死になった当時の人びとのことを思う。

神話に出てくる天之忍穂耳命（アメノオシホミミノミコト）など、お腹《なか》に力を込めて呪文《じゅもん》のように声を発すれば、いかにも言霊の充満しそうな名まえだ。そういう、文字が渡ってくる以前に作られたと思われる名まえを持つ土地がある。東京とか京都とかいうような、字面《じづら》で意味がわかる名まえではなく、いかにも意味に関係ない当て字と思われる名まえ、たとえば、鹿児島県の地名である、姶良とか。昔は始羅と表記したらしいが、土地の名としては相当古い呼称のように思う。姶の字は、現代社会では他にほとんど見かけないのではないか。ア・イ・ラ。発声すると響きに野趣があり力強い。隣の霧島などは、霧が多くて山々の峰が島のように浮かんで見えたのだろう、などと想像がつくのだが、この「姶良」はさっぱりわからない。このわけのわからなさがとても魅力的だ。

姶良郡蒲生《かもう》町という地名があった頃、蒲生の大楠《おおくす》を見に行ったことがある。樹齢が推定で一五〇〇年、根回り三三・五メートル。空洞があり、中に入ると畳十畳敷の広さだ。

その昔、彼が初々《ういうい》しい双葉だった頃を想像する。姶良郡蒲生町は二〇一〇年姶良市になった。姶良市。パソコンで変換すると、愛らし、と出る。

諏訪　すわ　05

今年も近所の公園にオオタカがきた。昔は深山に行かなければ見られなかった、カワセミ、ヤマガラなどの鳥が、ここ数年、都会の公園でも見られるようになった。このオオタカもそうである。冬になると町に降りてきて、群れなすヒヨドリやキジバトを狙う。

このオオタカは、見るからに国産の金太郎さんという顔をしているが、それより二周りほど大きい、カムチャツカから渡ってくるオオワシは、厳《いか》つい黄色の嘴《くちばし》のカーブが、いかにも「西洋風」の顔立ちだ。オオワシは、大部分が知床から千島列島で冬を過ごすが、中には本州へ渡る個体もある。

十数年ほど前の冬、一羽の若いオオワシが諏訪湖で溺《おぼ》れた。報《しら》せで駆けつけた林正《まさ》敏《とし》さんの家で手厚い看護を受け、四十九日後、放された。以来毎年諏訪湖に帰ってくる。私も数年前の冬、会いにいき、氷結した諏訪湖の氷の上に佇《たたず》むグル（救助したとき、グルっと一声鳴いたというので、林さんがつけた名まえ）をレンズの向こうに見た。

諏訪湖は内陸の山に囲まれている。この地方の民話に、山奥の村から出てきて初めて諏訪湖を見た男の子が、横にいた祖母に「大きいなあ。海もこれくらい大きいの？」と聞いたという話がある。彼はもちろん、海を見たことがない。祖母は「馬鹿《ばか》なことをいってはいけない。海はこの三倍も大きい」と諭した。男の子は目を丸くした。祖母もまた、海を見たことがなかった。すわ、というのは、そは（それは）、から出てきたらしく、すわ一大事（それは大変だ）のように使われた。感嘆の言葉だったにしろ、危急を叫ぶ言葉だったにしろ非常時の響きがある。

諏訪という地名は、諏訪氏族（神族）と係わりがあるのだろうが、詳しいことはわからない。諏訪氏にしろ、諏訪大社にしろ、諏訪という命名には、まず、音の「スワ」という語感が最初にあったように思われてならない。

今なら「スゴッ」だろうか。

田光　たびか　06

以前、近江の鈴鹿《すずか》山脈を歩き回って、八風《はっぷう》峠を越えようとしたときのこと。近江から東国へ向かうには、まずは中山道不破関、関ヶ原がある。しかし何らかの理由で関ヶ原を避けたい場合、鈴鹿山脈を突っ切って、どこかの峠を越えなければならない。東海道鈴鹿峠越えが一番有名だが、南北に連なる山脈のこと、峠は他にもある。

一五七〇年、織田信長は上洛《じょうらく》の帰途、浅井氏らが関ヶ原で待ち受けているのを知った。それを迂回《うかい》するため、地元の杣人《そまびと》に案内を請《こ》い、八風峠の少し南、千種《ちぐさ》峠越えをした。このとき待ち伏せして信長を狙撃《そげき》したのが、敵方から命を受けた地元の鉄砲使い、杉谷善住坊である。

現在の私たちより遥《はる》かに街道筋のことには詳しかったはずの信長一行も、山越えをするときは、地元の杣人を案内に立てた。このことは信長たちが十分山を知っていたという証拠である。今は当時ほど往来がなく、街道も山に呑《の》み尽くされそうになっているとはいえ、立て札を目安に登ったにもかかわらず、私は迷いに迷った。木々に囲まれた沢筋では方角がわからない。案内を立てた信長たちは賢明であったとしみじみ思った。

八風峠は千種峠より少し北方にある。山深く荒涼とした今は想像もつかないが、近江商人が行き来した昔は、峠に茶屋や宿屋もあったという。昔あったという八風神社の鳥居だけが寂しげに残っている。三重県側に下ると、田光川という川が流れている。

川沿いには田光という集落もある。タビカ、と読む。昔は、多比鹿、多毘加とも書いていたらしい。僧が田の中から黄金を見つけたとか、昔は鹿《しか》が多かったらしい、とかの言い伝えがあるようだが、それとても、字面で判断した後世の人の当てずっぽうのような気がする。先《ま》ず以《もっ》て最初に、「タビカ」という、何やら力強い響きがあったのではないだろうか。

信長を狙撃した杉谷善住坊は、昔、NHKの大河ドラマ『黄金の日日』で川谷拓三がその役を演じた。田光の近くに杉谷城という館《やかた》跡があり、彼の住まいだったらしい。

戸畑　とばた　07

昔、物心つくかつかないかの頃、若戸大橋を歩いて渡ったらしい。らしい、というのは、親戚《しんせき》の家で風にさらされて鉄橋を歩く幼い自分の写真を見たからである。記憶になかったので、新鮮だった。当時その近くに住んでいた親戚の家に、泊まりがけで遊びに行った、そのことはうっすらと覚えている。若戸大橋はずいぶん大きな橋で、建設当時は東洋一の吊《つ》り橋だったそうだ。親戚は、子どもを喜ばそうと連れていってくれたのだった。

若戸大橋は、北九州市の戸畑区と若松区を繋《つな》ぐ橋で、戸畑、という地名は、新しいようでいて古代からあったようだ。戸畑のト、という音は、「門」という意味から海峡をさす、という説もあるらしい。渦潮で有名な、四国と淡路島の間の鳴門《なると》海峡の古い呼称が鳴戸であったことからもそれは偲《しの》ばれる。『筑前国風土記《ちくぜんのくにふどき》』には、「鳥旗」「等波多」（トハタ）、『万葉集』には「飛幡」と記載されている。トという音が、これも最初にあったのだろう。トのハタ。海峡の端。

そういうことを確認していて、思い出したことがある。稲作の伝わる前、つまり、スズメが爆発的に増える以前は、トビが、空飛ぶ鳥の代名詞のように呼ばれていたのではないだろうか、と以前鳥見をしながら思っていたのだった。つまり、飛び、である。転じて鳥。

郊外を歩いていて、ふと鳥影に気づくと、上空をトビが飛んでいる、ということが多い。トビ、トビ、と気軽に言い、また、鳥見をしていてもっと珍しいワシタカを目当てにしていると、「なんだ、トビか」とがっかりすることが多いのだが、近くに降りられると、結構な迫力なのである。河川上でふと発生した上昇気流を利用して、集まったトビが螺旋《らせん》状に高く上がり、タカ柱を形成することがある。若戸、という接頭語には、遠くを見つめる視線、開けて行く景色の気配がある。若戸大橋を人びとが歩いていた頃の風景にも、きっとそういうものが溢れていただろう。

由良　ゆら　08

京都に住んでいた頃、時折由良川の鮎《あゆ》の話題が地元のニュース等で出ることがあった。そのときは深く気にもとめなかったが、ユラ、という語感には、耳にするたびなぜか懐《なつ》かしいものが残った。それがなぜなのか、最近ようやくわかった。子どもの頃、凝っていた百人一首の歌の一つにあったのだった。

由良の門《と》を　渡る舟人　かぢをたえ　ゆくへも知らぬ　恋の道かな

由良川が海に出てくる辺り、ただでさえ流れの早い瀬戸を漕《こ》ぐ舟人が、櫂《かい》を無くしてしまっている。そのようなこの恋の、アンコントローラブルで不安な現状であることよ、というような意味だが、歌の初出（というのだろうか、この場合）は新古今集で、作者は曾禰好忠《そねのよしただ》。由良は現在の宮津市由良。

新古今よりもずっと古い万葉集でも、「湯羅」という地名はすでに使われている。

ただし場所は和歌山県で、やはり川が海に開けていく、風光明媚《めいび》な景勝地だ。今ではここも由良という文字に置き換えられている。淡路島にも由良という地名があり、港のある、魚のおいしい場所だ。鳥取県にもまた、由良宿という地名がある。宿と名のつくように街道筋の宿場であったのだろう。ここにも由良川があり、河口が日本海に開いている。さらに山形県鶴岡市にもまた、由良海岸という美しい海浜があり、温泉でも有名である。

由良の名を持つ土地のほとんどは、おそらく古代から海と陸とを穏やかに繋ぐ場所であったのだろう。ユ、という音が水を意味し、ラという接尾語がついて、水のあるところを指すという説もあり、「波が砂をゆり上げるところ」とも解釈されることもあるようだ。

ラ（羅、良）というのは、古代の人びとの大好きな接尾語のようだ。そういえば、赤ん坊が生まれてくるときの「おぎゃー」は、音階では「ラ」の高さだということを聞いたことがある。関係がなさそうだけれど、あるいはあるのかもしれない。

消えた地名

京北町　けいほくちょう　09

時期外れの話題ではあるが、京都市と滋賀県大津市の境目に住んでいたことがあって、初夏の頃になると、明け方によくホトトギスの声を聞いた。近くにあった音羽山が、平安の時代からのホトトギスの（鳴き声の）名所であるということを知ったとき、ずいぶん満ち足りた思いをしたことだ。それから兵庫県に移り住み、ホトトギスの鳴き声とは遠ざかっていたが、東京に住むようになって、思いもかけないことに、ホトトギスの初音を毎年聞いている。近くの公園が、きっと一羽のホトトギスの渡りの経路なのだろう。一日か二日それが聞こえると、あとはぱったりと途絶える。一休みして、北の方へ飛んで行くのだろう。姿は見ていないのだが、梢《こずえ》の高いところで鳴いているらしい。辺り一帯にその声が響くと、ほとんど深山幽谷にいるがごとくである。
そのことを思い出したのは、送られてきた封筒に、三円切手が一枚、他の切手と混ざって張ってあったからだ。三円切手の絵柄がホトトギスだなんて、私は今まで知らなかった。

先日、近畿《きんき》圏を旅行することがあり、地図を見ていたらとんでもないところに京都市右京区と出ていて、思わず「あ、この地図誤植がある」と叫んだ。京都市は、大まかにいうと、地図に向かって右が左京区、左が右京区、真ん中が上から北区、上京区、中京区、下京区となっているはずだ。それ以上北は京北町というところで、北山杉で有名な杉の産地でもあり、初夏に訪れると、それこそホトトギスの「テッペンカケタカ」が辺りに響き渡り、熊《くま》が出ることでも有名な山奥だったのである。「すごい誤植だ」と、私は少し興奮気味。「地図で誤植っていうことはあり得ないと思う」。出版社勤めの冷静な友人がそう言うので、まさか、と思いつつ調べてみたら、なんと京北町は右京区に合併して、二〇〇五年に消滅していた。

栗野町　くりのちょう　10

霧島山系の西の端に、一一〇二メートルほどの高さの栗野岳という山がある。以前登山したとき、カシワの木があったことにたいそう驚いた。鹿児島にカシワの木はない、とずっと信じていたからだ。

鹿児島にカシワの木はない、それが証拠に、鹿児島で柏餅《かしわもち》といったら、サルトリイバラ（山帰来《さんきらい》）の葉で挟んだ餅菓子である。端午の節句のあたりになり、巷《ちまた》に柏餅が出回るようになると得意になってそう言って、友人知人を感心させてきた（と本人は思っている）。これは大変だ。真実でない話を長年吹聴《ふいちょう》してきたのかもしれない。

麓《ふもと》に降りてから急いで調べると、栗野岳はカシワの自生する南限の地なのだということだった。私は、鹿児島市にはカシワの木はない、というべきだったのだ（それにしても、柏餅にサルトリイバラの葉を使う風習の北限の地域はどこなのだろう）。

クリ、カシワなどの広葉樹が豊富な地方だからついた名まえなのだろうか。栗野岳は霧島連山の中では飛び抜けてイノシシが多いと聞いたこともある。それはイノシシの大好物であるそれらの実、ドングリの仲間が豊富なせいなのかもしれない。栗野岳には中腹に「日本一長い枕木階段《まくらぎかいだん》」というものがあり、それは下から見上げるとそれだけで戦意喪失しそうな長い長い階段であった。まだ飼い犬が生きていた頃、一緒に登ったことがある。犬に引っ張られるようにして登り切ったところに展望台があり、見晴らしがよかった。その辺り一帯を栗野町といい、栗野という名まえは鎌倉時代の一一九八年、大隅国図田帳に「栗野院」という名ですでに記録されているそうだ。五、六年前、車で走っていてやたらに湧水町《ゆうすいちょう》という名まえのついた看板が出ているのが気になった。湧水町なんて聞いたことがなかった。まさかと思い、人に聞くと、二〇〇五年、栗野町は、吉松町というこれも古い歴史を持つ名の町と合併し、湧水町となったのだそうだ。栗野町も吉松町も消滅したのだった。

稗貫郡　ひえぬきぐん　11

先日の休み、以前編集をして下さっていた方が、小さなお嬢さんを連れて遊びにきてくれた。この間彼女に会ったのは、まだようやく寝返りが打てるか打てないか、という月齢の頃。今はもう二歳を過ぎ、三歳にまだ手の届かないという年頃で、「こんにちは」というと「木の葉っぱ！」とうれしそうに元気いっぱいで答える。近くの公園の林にドングリを拾いにいっしょに行った。ドングリはもうなかったが、木漏れ日の中、枯れ葉に埋もれた石畳を見つけては、その上を歩くのがうれしくてたまらないようす。凝縮された宮沢賢治の世界が生きて歩いているのを見るようだった。

宮沢賢治のことを調べると必ず「岩手県稗貫郡花巻」という土地名に行き当たる（ここは彼の生地で、盛岡で過ごした学生時代や東京に一時下宿していたことを除けば、ほとんど一生を過ごした地）。稗貫、という地名は、イーハトーブとかモーリオとかいう魅力的な語感の地名を造語していた彼のイメージに、厚みのある陰影を与えるように思う。彼の童話作品に多く出てくる、飢餓や貧困に苦しむ農民たちや、荒れた土地でたくましく生い育つ穀物、脇目も振らず土に向かう姿勢などが、「稗貫」という言葉ににじんでいるように思われるからだ。彼の作品の一つ、『猫の事務所』の主人公で、かまどの中、すすだらけになって寝る「かま猫」の勤める事務所の建物のモデルが、旧稗貫郡役所とされる。

この地名自体はたいそう古く、弘仁二年（八一一年）、文室綿麻呂《ふんやのわたまろ》が蝦夷《えみし》征伐終了を奏上し、和賀《わが》郡、稗貫郡、斯波《しば》郡が設置されたと『日本後紀』に出てくる。今から一二〇〇年前のことである。けれど二〇〇六年、和賀郡東和町とともに花巻市に合併し、稗貫の名は消えた。稗貫、という地名はあまり愛されていなかったのだろうか。他の消えた地名の多くにあるように、行政区画上はなくなっても町の名の上に冠して残してある、というような消え方ではない。もうどこにも残っていない。完全消滅である。

武生　たけふ　12

年の暮れが近づいて、そろそろ蕎麦《そば》の準備を考えなければならなくなった。蕎麦のおいしいところはいろいろある。たとえば、おろし蕎麦の越前。

昔、学生の頃、福井県の武生へ旅したことがあった。武生は紫式部が父親の赴任に伴って移り住んだ場所で、京の都（もしくはせいぜいその近辺の近江の地）以外で彼女が住んだ、唯一の土地である。馬借《ばしゃく》街道（西街道）という『宇治拾遺物語』にも出てくる古い街道が、武生から日本海まで伸びており、その古道にも行ってみたかった。当時日本海の荒波にもまれ、漂着した宗人等を国府のあった武生まで連れてくる道でもあった。外《と》つ国の風が流れてくる街道。馬借という名は、荷物を馬に乗せて運ぶ業者がいたことからついた名であり、近くには亡《な》くなった馬を供養《くよう》したと思われる馬塚という地名もあった。

行ってみると、冬場の日本海側の地方の、独特の暗さが情趣深く、格子戸《こうしど》の美しい町並みに心惹《ひ》かれた。この武生が、蕎麦のおいしいところなのだった。平たくしっかりした麺《めん》で、蕎麦の味がする。つるつる、というよりは、じっくり噛《か》んで味わいたくなる蕎麦だった。蕎麦の食べ方には一家言ある人が多い。関東風の粋とされる、噛むというよりは大音量とともに一気に吸い上げる蕎麦の食べ方が私は苦手で、いつもそもそとしみったれた食べ方になってしまう。言い訳をすると、蕎麦の風味が大変好きなので、しみじみ楽しみたいと思うとそうなるのだ。結局のところ、つるつるでもしみじみでも、食べたいように食べるのが一番おいしいのだろう。武生では大根おろしをかけた蕎麦が土地の名物らしく、「おろし蕎麦」の看板をいたるところで見た記憶がある。

竹が生い茂る、という意味の竹生が転じて武生になったらしい。いかにも越前らしい名まえだと思った。野趣がありつつ風雅もある。

この武生の名も、二〇〇五年、今立町と合併し、越前市となり、消滅する。

正月らしい地名

松ノ内、月若　まつのうち、つきわか　13

去年の正月、まさかああいう一年がこれから待ち受けているとは、誰も考えはしなかっただろう。三月十一日からスタートしたあらゆる課題が、ほとんど終わりのない迷走的様相を帯びて今も続いている。それでも被災地を含めあらゆる土地で続々と赤ん坊は生まれ、生命の営みは受け継がれていくし、新しい年もやってくる。

冬晴れの日々が続いている。

時折、外を散歩する犬連れの人同士の挨拶《あいさつ》の声、犬同士の牽制《けんせい》する声が窓の外から聞こえてくる。飼い犬が生きていた頃は、私も朝夕の散歩が日課だった。彼女が死んで数年経《た》つ今でも、明け方、夢うつつに雨の音を聞き、困ったなあ、と思うことがある。次の瞬間、ああ、もうそういうことは考えなくていいのだ、と思い至り、気楽さがかえってうしろめたく感じられる。犬の散歩で得ていた、彼女の視点に立った土地の微妙な高低差や、家々の醸《かも》し出す雰囲気、道から見える庭の草花の四季の移り変わりなどは、失ってみて初めて、なかなか他をもってかえ難いものであったことに気づく。地面に近いところにある犬の嗅覚《きゅうかく》や視覚には、別の世界を読み込む力があるように思われる。

兵庫県に住んでいた頃、そうやって犬連れで歩いていた正月、いつもの芦屋《あしや》川沿いのコースを少し逸《そ》れ、ある町内をぐるりと回った。そこは、松ノ内町。川を越えて向こうへ渡ると、月若町。そういうめでたい名だからといって、別段景色がいいとかいうこともなかったのだが、その年、あまりメリハリのない正月だったので、自分の中だけで、小さなイベントを計画し、達成したのだった。いっしょに歩いている犬さえ（たぶん）、気づかないほどの小さな「更新力」を得て、帰途についたことだった。

松ノ内、月若。

昔元日の朝早く、若水を汲《く》んで神仏に供えた風習も、そういう更新力への願いが形に成ったものだったのだろう。

新しく生まれた地名

四国中央市　しこくちゅうおうし　14

去年の夏、四国を東から西へ車で横断したとき、愛媛県に入った辺りで、まるで襲いかかられるように山肌が左側から迫ってきてびっくりした。急襲、ということばがふいに浮かんだ。けれど右側は、海へ向かって穏やかに平野が続いている。印象深い風景だった。行政区分では、四国中央市という辺りらしかった。四国中央市だなんて乱暴さは、いかにも平成の大合併で出来た名まえらしい。調べたらやはりそうで、川之江市、伊予三島市、宇摩《うま》郡土居町、新宮村が二〇〇四年に合併して出来た新しい市であった。そのほとんどが、以前は宇摩郡といわれていたらしい。宇摩という名は、七〇九年にすでに記録に現れている。当時のものと思われる古い古墳もある。

自動車道から降りて、地元の道に入ろうとした辺りで、さっと目の前を横切っていく濃いベージュの影があった。イタチを二周りほど小さくしたような姿形。オコジョだ。山の自然がこぼれ出たようで感激した。山々の名は法皇山脈というらしい。京都の三十三間堂が建立《こんりゅう》されたとき、ここから搬出された木材のみごとさを後白河法皇が褒めたことが名の由来、ともいわれている。

海から続くのんびりとした平野に、まるで壁がそそり立つような異様な傾斜で山々が忽然《こつぜん》と現れる。ここには有史以前、一万二千年以上の昔から、人類の生活してきた痕跡《こんせき》がある。彼らはきっと、自分たちを守ってくれる、あるいは乗り越えるべき存在を見るような思いで、山脈を見上げていたことだろう。宇摩の名が使われてきたのは、少なくとも千三百年以上になる。民話的な豊穣《ほうじょう》さを感じさせる、味わい深い名だと思う。最初の新市名公募でも、一位が宇摩市だったようだ。四国中央市は最下位。なのに結局お役所の決定で四国中央市になってしまった。行政的なすっきり感があるのだろうか。

南アルプス市　みなみあるぷすし　15

中央高速をよく利用する。山梨県の、甲府から韮崎《にらさき》へ向かうあたりで、南アルプス市、という名まえを案内板で目にするようになって久しい。最初はぎょっとしたものだ。誕生したのは二〇〇三年だが、未《いま》だに慣れない。一時期高原のペンションなどで有名になった清里や大泉村などをまとめて、二〇〇四年、北杜《ほくと》市という新しい市が南アルプス市の隣に誕生したときも、その聞き慣れない響きに寂しい思いがしたものだが、斬新《ざんしん》さという点では、やはりなんといっても南アルプス市である。これも住民投票に拠《よ》ったものではないらしく、住民の方々には複雑な思いをされている方が多いと聞く。

確かに南アルプスのおもだった山々のほとんどを擁している地域ではある。だがアルプスという名自体がヨーロッパの有名な山岳地帯の借り物なのだ。視線が山にしか行っていないような、人ごとのような響きだ。地元で使い込み、育《はぐく》まれた名称にあるような（昨日の「宇摩市」のように）愛着がなかなかつかないと思うのだが、実際は違うのだろうか。

考えてみれば、長い昭和が終わって、新しい元号に平成という名が決まったときも、変な感じがした。半紙に墨書された平成、という文字を見たとき、本当にそれでいいのだろうか、安っぽくはないか、もう一度考え直した方がいいのではないかと気を揉《も》んだものだ。それでも今年で二十四年だ。さすがに慣れてきた、と言わざるを得ない。それなりに愛着も芽生えてきたような気がする。不思議なものだ。単に慣れの問題だったのだろうか。

山梨県には二〇〇六年に新しく生まれた中央市という名を持つ市も存在している。中央市。四国中央市以上に温かみのない名まえのように思うが、これも住民となれば、使っているうちに愛着が湧《わ》くものなのだろうか。

蒲郡　がまごおり　16

兵庫県に住んでいたときのことだ。その頃はよく、かなりの荷物を持って東京に行かなくてはならない用事ができ、そういうときは車で行くことにしていた。ほとんど休みなしで走れば、六時間ほどで着くはずだった。その日は、昼頃に出発するつもりが、いつのまにか夕方になってしまった。だがもっと遅くに出発し、夜通し走って明け方の富士山を見たあと東京入りしたことも多々ある。だから、夕方出発するくらいのことに、別に問題があるとは思っていなかった。ただ、今回はいつものように名神高速を琵琶湖《びわこ》沿いに北上する道はとらず、大阪平野に出て、東に聳《そび》える生駒《いこま》山地を突っ切り、伊賀や亀山《かめやま》、四日市を通って伊勢湾岸自動車道に入り、豊田、岡崎方面へ出、東名に入ろうと思っていた。奈良県や三重県の山間部を通るそのルートに以前から惹かれていたのだ。それになんだかその方が早く着くような気がした。

国道25号と重複する自動車道の名阪国道は、けれどそのとき、大変な渋滞だった。天理を過ぎて、月ヶ瀬村、伊賀の辺り、村里の風景は夕なずみ、美しかった。だが、深夜なら（妙にハイテンションになっているせいか）平気なのに、夕方という中途半《はん》端《ぱ》な出発時間は、自分をひどく消耗させるものだとわかった。これはだめだと見切りをつけて、途中のサービスエリアから、いつか利用したいと思っていた蒲郡の古いホテルに連絡した。高速を降り、町と村の間のような地元の道を、夕餉《ゆうげ》の食卓を囲む家々の明かりを見ながら蒲郡へ向かって走った。ホテルは海辺にあった。蒲郡というのは、水辺に生い茂る蒲を思わせる、風情《ふぜい》のある名まえだと思っていたら、これもまた明治九年、蒲形村と西之郡村が合併し、蒲郡村となったのだと知った。両方の村から一字ずつ取った形である。これも当時はいい加減な命名に思えたのだろうか。やはり時間の問題なのだろうか。

東近江市　ひがしおうみし　17

位置的にまちがいではないし、カタカナを使ってあるわけでもないし、耳慣れた響きもあるのだが、それはちょっと、と言いたくなる地名に、奥州《おうしゅう》市、甲州市、東近江市などがある。奥州市は岩手県南部の小さな二市二町一村が合併してできた市であるが、奥州とは、よく知られているようにもともと別名が陸奥国《むつのくに》、今の福島、宮城、岩手、青森の東北四県と、秋田県の一部の広域を指す地名である。甲州というのも、甲斐国《かいのくに》の別名であり、甲州市が甲府市の近くに(存在感小さく)在《あ》るというのも腑《ふ》に落ちない。肩書きが大き過ぎて違和感を覚える。奥州、甲州、近江という言葉の持つ古めかしい響きに倚《よ》りかかって、実はとてもおおざっぱな命名をしているのではないか。東近江なら、規模的にも大きすぎるということはないのだが、近江の東部だから東近江でいいだろう、というのでは、あまりに元の地名に失礼だ。

あかねさす　紫野行き　標野《しめの》行き　野守は見ずや　君が袖《そで》振る

額田王《ぬかたのおおきみ》

この有名な万葉集の歌は、蒲生野《がもうの》で天智天皇の時代、宮廷の人びとが薬草狩りをしていたときのものである。蒲生野は、一方に鈴鹿山脈、反対側に琵琶湖を望むのどかな野原で、そこに夕陽が射《さ》し始め、遠くから昔の恋人が自分に手を振っている。壬申《じんしん》の乱の前の、平和でおおらかな時代を思わせる。その名称は二〇〇五年まで、蒲生郡蒲生町という地名で残っていた。車で走っていて、蒲生町、という表示板を見るたびに、この万葉の古歌が浮かんできて、思わず口ずさんだりしたものだ。

その年、永源寺町、五個荘町など、由緒《ゆいしょ》ある地名の一市四町を合併、さらに二〇〇六年には件《くだん》の蒲生郡蒲生町、神崎郡能登川町を編入して、現在の東近江市になった。車を運転する人も、地図を見る人も、ここがあの蒲生野のあった場所、とは、もう容易に結びつかないだろう。

八峰町　はっぽうちょう　18

厳冬のはずなのだが、冬真《ま》っ只中《ただなか》の気がしない。理由の一つは、寒さが昔の寒さのようでないのだ。窓から見る空も、青いのだけれども冬空のキーンとするような清《せい》澄《ちょう》さに欠け、どこかのんびりしている。長い晩秋が続いている、そんな感じ。「明日は本格的な寒気がやってきます」と、天気予報で脅された日でさえ、朝起きてみるとたまたまちょっと寒くしてみました、というような寒さで、本気の感じがない。

東北の昔の寒さと較《くら》べるのもどうかと思うが、昔、秋田県に八森町という日本海沿いの村があったとき――といっても五年前のことなのだが――もう物故された明治生まれの女性の取材で、その方のご長女Aさんから話を聞いたことがあった。ご長女は七十を過ぎている。ご母堂は戦後すぐに働く女性のための保育所を無償で開設した方で、若い頃から教員をなさり、八人の子の預け先に苦労された。退職された後、保育所を開いたのはきっとそのときの切ない思いがあったからだろう。いっしょに聞いていた編集者がいつのまにかぽろぽろと大粒の涙を流していた。彼女もまた、子どもを預けて仕事をしていたのだった。真冬のこと、小学生のAさんがお腹《なか》をすかせて夕方帰宅すると、朝炊《た》いた羽釜《はがま》の中のご飯が凍りついている。固くて固くて歯が立たない。それでも食べるものはそれしかない。彼女は羽釜を抱いて走り回った。寒くて寒くてどうしようもないときは走れ、走ったら温かくなる、と母親から教えられていたからだ。八森の豪雪を私も経験したが、吹雪《ふぶ》いているときは上から降っているのか、下からか横からか、まるで見当もつかないくらいの別世界だ。

八森の近くには白神山地がある。重なる山々を見上げて、八森、と呼んだのだろう。日本海に沈む夕陽の美しい村だった。二〇〇六年、八森町は隣の峰浜村と合併し、新しく八峰町が生まれた。まだ初々《ういうい》しく聞き慣れないけれども、この地名はすぐになじんでいきそうな予感がする。

温かな地名

日向 ひゅうが 19

日向が温かな地名という印象を受けるのは、もちろんその字が持つ意味そのままなのだが、実はある思い出が強烈にこの地と結びついている。

二十四年前の旧盆の日、私は国道10号線を北上して、日向を目指していた。日向から出るフェリーに、車ごと乗ろうとしていたのである。初めての土地だったし、旧盆でもあったのでどのくらい時間がかかるか予想がつかず、しかもそのとき、まだ一歳にも満たない赤ん坊を連れていた。出航の時間には余裕を持って出発していた。その日私には気がかりなことがあった。赤ん坊のおむつが朝から一度も濡《ぬ》れていないのである。港へは早めに着いたが、時折苦しそうに息む赤ん坊を見ていると、今、ここで何か手を打たないと、船に乗ってからでは間に合わない、と焦《あせ》った。港の人に相談すると、ここなら、という病院を紹介してくれ、連絡まで取ってくれた。「旧盆なので病院もお休み、先生もご家族の宴会の途中だったようですが、そういうことなら、と」。自分で運転するよりも、と土地勘のある地元のタクシーに乗り、その病院を目指す。タクシーの運転手さんも事情を知り、あの先生なら、と太鼓判を押す。けれどお休み中、ご迷惑をかけることになる。不安と申し訳なさ。夕暮れの迫る、初めての日向の町並み。

タクシーが病院の敷地内に入ったとき、車寄せのところに少し上気された白衣の医師がおられるのが見えた。「ほら、先生、ずっと立って待っててくださったんだ」。運転手さんの声が誇らしそうに車内に響いた。私は胸が熱くなった。それからの温かいご対応、的確な診断。謙虚なお人柄の背後に、数多くの臨床例を診てきた経験がほの見えた。医の原点を見る思いだった。お代を、という私に、今は休みで会計もいないし、そちらもお急ぎだろうから、と固辞された。医師の名は、渡邊康久《わたなべやすひさ》先生。あのとき、そこだけ明かりのついた車寄せに、お一人でぽつんと立っておられた。その温かさの滲《にじ》むお姿は、これから先も決して忘れないだろう。年賀状は今も続いている。

日向は、私にとってそういう土地である。

日ノ岡　ひのおか　20

京都市の三条通をずっと東へ、山科《やましな》方面へ行くと、やがて日ノ岡峠と呼ばれる坂道になる。そこを抜けると京都盆地から山科盆地に入ったことになる。日ノ岡峠は東山山系の一角であり、京都市内から見て東山山系は東側の盆の縁のようなところだから、山科盆地からすれば西側の盆の縁である。つまり、午前中、山科側から眺めれば、昇る朝日をいっぱいに受ける山腹であり、午後、京都側にいれば沈んでいく夕日に染まる山である。

その日ノ岡に、日向大神宮という神宮がある。ひゅうが、ではなく、ひむかい、と読む。

京都市で最も古い神宮だが、大神宮という名の厳《いか》めしさからはほど遠い、実に素朴な神域。山そのものの窪《くぼ》地やでっぱり、高低などを利用して、古木や羊歯《しだ》類の生い茂る、深い緑の中に生えてきたように境内社群がある。伊勢神宮のように、外宮に内宮、天照大神を始めとしてしかるべき諸神の宮、荒祭宮《あらまつりぐう》まであるのだ。

いわゆる観光コースとは外れているらしく、いつ行ってもほとんど誰もいない。冬なら日だまりの中を、夏なら緑陰を吹き抜ける涼しい風を楽しみながら散策できる。

日向大神宮へは、日ノ岡峠のスタートする辺りから、三条通を逸《そ》れて鳥居をくぐり、小さな坂を上る。その辺りもまた、蹴上《けあげ》という、面白い地名になっている。三条通は旧東海道。「蹴上」の語源は、奥州へ旅立つ源義経にまつわる伝説からららしい。ある武士の馬の蹴り上げた泥が義経の衣服にかかった。怒った義経が、その武士と従者の一行九人を斬殺した、というのである。なんと短気な、と呆《あき》れるが、本当だとしたらよほどの事情があったのだろうか。後の世の作り話だとしたら、物語を欲する人の想像力は凄《すご》いものである。その九人を弔ったといわれる九体町という町が以前にはあり、義経が血のついた刀を洗ったという血洗町《ちあらいちょう》は今でも存在する。

椿泊　つばきどまり　21

北海道に生まれ育った方が東京へいらしたとき、いっしょに周辺の山を歩いた。

彼女がスギを見ては感動し、ツバキを見ては立ち止まるので、改めて北海道にはスギもツバキも生えないのだとしみじみ感じ入った。彼の地では北欧のようにモミやトウヒの仲間（トドマツやエゾマツなど）は元気よく自生するが、スギは、津軽海峡を渡れないようだ。ツバキやサザンカなどの照葉樹も同じ。小暗い照葉樹林帯を里山として育った私にとって、同じ日本語を話すのに、彼女はまるで異文化圏の人なのだ、とそのことがなぜだかよくわからないが嬉《うれ》しい。異文化交流の可能性の奥行きを感じさせるからだろうか。

確かに古代の大木として有名な縄文杉は屋久島のものだし、ツバキの原産地として有名な伊豆大島は、周囲を黒潮の流れる温暖な地である。そしてそれらは北海道には生えない。

四国徳島県の阿南市、黒潮を望む半島の先の方に、椿泊という小さな漁村がある。どれくらい小さいかというと、古い木造の民家が互いに軒を連ね、また向かいあう、その道路の幅がおおよそ二メートルほどなのだ。それも真っすぐではない。くねくねと曲がっている。驚くことに、この道を車が通る。しかも一方通行ではない。迷い込んで、とんでもないことになったと青ざめている旅の車をいたわるように、地元の車がうまく離合《りごう》を誘導する。もっとも、この路地(?)に入る前に駐車場があり、前もって事情がわかっている人は、そこに車を停めて散策する。昭和初期かそれ以前に建築されたと思われる家々は、一階も二階も、窓にはすべて欄干がついている。これがそれぞれに凝ったつくりで、ゆかしい情趣が漂う。潮風もここには加減して入ってくるのか。阿波水軍の本拠地だったそうである。都との行き来もしょっちゅうだったのだろう。瀟洒《しょうしゃ》な文化と、温かな気風が、椿泊という名に凝縮されている。

小雀　こすずめ　22

東京都三鷹《みたか》市に、年上の知人が住んでいる。知人の家は下連雀《しもれんじゃく》にある。上連雀、下連雀と上下に分かれてはいるが、そもそも三鷹という地名の中に鳥のタカがいて、さらに（群れで渡りをする鳥の）レンジャクと続くのだから、鳥好きの私には嬉しい地名だ。

同市にある国立天文台キャンパスの敷地は、小高い丘の上にあり、長い年月開発の手が入っていないので、植生には本来の武蔵野の面影が宿る。昔は関東地方に多く自生し、今は滅多に見られないヤマユリが咲いているのも見た。

横浜市戸塚区小雀町にある、小雀公園でも、同じヤマユリを見たことがある。地元の人しか知らないような小さな公園だけれども、雑木林あり、池ありで、本来の生態系が程よく保たれているという話を聞き、アズマヒキガエルなどを見に行った。けれどそこに行こうと思ったのは、そもそも小雀という名まえに惹かれたことが大きい。私は以前、英国の小さな雀の本を翻訳したことがあった。愛らしく誇り高く、けなげな雀の実録だった。小雀という言葉に敏感に反応するのはそのせいかもしれない。

電車を乗り継いで、駅からバスに乗った。バスの名は、「小雀乗合バス」。もう、嬉しくてたまらない。小雀バス停もある。小雀小学校まである。なんとかわいらしいのだろう。小雀小学校の子どもたちは、つまり、「雀の学校」の子どもたちということか。心が温かくなるネーミングである。温かな地名、には違いない。けれどいったいどういう由来か、と不思議である。昔話の「雀の恩返し」にでも関係があるのだろうか。確かに行ったのだが思い出すだに夢を見ていたような心地がする。少しばかり翻訳のまねごとをして雀のことを紹介したので、律儀《りちぎ》な雀がねぎらって招いてくれたのだろうか。公園の池には葦原《あしはら》もあり、初夏には蛍も出るらしい。エア・ポケットの里山のような不思議な土地だった。

生見　ぬくみ　23

奄美《あまみ》大島出身の、今は亡き友人に、奄美大島でカヤックをやるとしたらどこがいいだろうと相談したことがあった。友人はちょうど故郷でそれを体験してきたあとだったので、静かなマングローブの林のなかを、鳥の声を聞きながらゆっくりと漕《こ》いでいくことの清々《すがすが》しさを、実感を込めて語ってくれたものだ。

よく知られているように、マングローブは熱帯から亜熱帯の、潮の満ち干がある河口域などに見られる森林である。何が出てくるかわからない密林やジャングルのイメージがある。マングローブの林は不思議である。いってみれば、何本もの足を持っている木が（つまりそれは根っこであるわけだけど）人の群れのように水中に立っている。生態系の豊かさも特徴的だ。友人が聞いた鳥の声というのはアカショウビンの声だし、珍しい貝類や昆虫、大東島ではダイトウオオコウモリの塒《ねぐら》にもなっているそうである（まさに、密林、そのものだ）。

マングローブがそういうものだということは、何となく知っていたので、小学生の頃、遠足で喜入《きいれ》の生見海岸に行き、「ここにあるのは特別天然記念物のメヒルギ。マングローブを構成する植物です。ここが、そのメヒルギの北限の地です」と説明を受けたとき、とてもびっくりした。鹿児島県は本土最南端の県なので、他の県からすると温かいのだろうな、くらいの見当はつけていたが、まさかマングローブが生育できるほど暑いのだとは思わなかった（後年、他の土地に住むようになって、鹿児島にも冬には雪が降るというと、たいそう驚かれたものだが)。

その海岸のあった村の、生見、という名の語感もまた、温かいイメージをかき立てるものだった。今では鹿児島市に編入されたらしいが、当時の感覚では(多分今も)はるかに指宿市《いぶすき》(鹿児島県南部に位置する)に近い印象がある。室町時代には奴久見《ぬくみ》という名で記録に残っている。生見という字が用いられ始めたのは江戸期かららしい。

峠についた名まえ

善知鳥峠　うとうとうげ　24

カムチャツカの沖合遥《はる》か、オホーツクの海に浮かぶ無人島へ行ったとき、まるで夕焼けの秋空に群れ飛ぶ赤とんぼのように、エトピリカやウトウたち、ウミスズメの仲間が乱舞しているのを見たことがあった。ウミスズメの仲間は、ぼってりとした小型のペンギンのような風情で、真面目《まじめ》ぶった顔に、鮮やかな長い飾り羽をつけているものが多く、一目見たら忘れられない印象深い鳥たちだが、日本ではほとんど見られなくなった。夢を見ているようで感激した。

その後、能の「善知鳥」に出てくる親子の情の深い鳥というのが、まさにウトウのことだと知って、意外に思った。いくら昔のことだからといって、ウトウがそれほど身近な鳥だったとは思えなかった。それに、なぜ「善知鳥」をウトウと読ませるのだろう。

調べると、葦の生えるような場所に住む鳥だから、ヨシチドリ、というのが善知鳥になったのではないか、という説があった。だが、ウトウは「葦の生えるような場所」には棲《す》まない。崖《がけ》のような地形の、剝《む》き出しの地面に穴を掘って巣とし、昼間は海上で暮らして、夜はその巣穴に帰ってくるのである。調べればその他いろいろな説があったが、昔、畑を荒らしたチドリを悪知鳥、海上で魚を捕り、大漁の目印になってくれたチドリを善知鳥と呼んだ、という説が、最も信憑性《しんぴょうせい》が高かった（けれどなぜウトウと発音するかはわからない。アイヌ語由来説もあるが）。その漁で潤《うるお》った村を善知鳥村、これが後の青森市になったらしい。その珍しい善知鳥の雛《ひな》を捕り、都で売ろうともくろんだ男が、息子とともに長野県塩尻近くの峠を越えようとした。猛吹雪になった。翌朝、村人は凍え死んだ男と、雛を心配してずっと一行を追っていた善知鳥の親の死骸《しがい》を見つける（息子と雛は、それぞれの親に庇《かば》われ、無事だった）。そこでその峠の名を、善知鳥峠と名づけたというのだが。

その真偽はともかく、この峠の、南に降った雨は太平洋へ、北に降った雨は日本海へ向かうのだそうだ。

星峠　ほしとうげ　25

棚田のある風景が好きで、時折見に行く。夏は水田を渡る風が緑の波をつくり、秋には長い陽の光が稲穂を黄金色《こがねいろ》に輝かせる。こういう風景に深い喜びを感じるのは、農耕民族ならではだろう。見て楽しむ方は気楽なものだが、維持する方は大変だろうと思う。棚田は山の斜面を利用してつくる。山肌から流れ出る雨水を一旦《いったん》それぞれの田で引き受け、一挙に麓《ふもと》に押し寄せにくくするので、治水効果が高いのだそうである。天然のダムの役割も果たしているのだった。

戦後の食糧政策の影響で、水田の数が激減した今、平坦《へいたん》な土地は大抵何かに転用されてしまい、利用価値のない棚田が残っている、というのは皮肉なことである。が、それも維持する人びとの高年齢化で、風前の灯《ともしび》ではあるのだが。水生昆虫にしろ貝類にしろ、かつて水田が養っていた生命の数は膨大なものであった。だが今、初夏の田《たん》圃《ぼ》に行って見られるのは、アメンボとカエルになりかけたオタマジャクシくらいで、ゲンゴロウはおろかタガメすら目にしない。だからそれらを食糧とする日本産のトキやコウノトリはかつて絶滅にまで追い詰められたし、目に見えない土壌中の微生物に至っては、どうなっているのか空恐ろしいばかりだ。棚田を見ると、懐《なつ》かしさと切なさのミックスした複雑な気持ちになるが、とりあえず、今、見ることのできた感謝の念が涌《わ》き起こる。

新潟県の十日町市にある峠を登り切ると、眼下に息を呑《の》むような美しい棚田が広がる。朝早い時間であれば、山々の間から朝靄《あさもや》が涌き起こり、それが棚田の上に次第に広がっていく幻想的な風景に出会える。夜は行ったことがないのだが、星空も素晴らしいのに違いない。そう確信するのはその峠が星峠と名づけられているからだ。昔はきっと、暗い峠道を登り切った旅人が、真上に開けた夜空の星々の輝きに思わず足を止めたことだろう。そんなことを連想させる名まえだ。

月出峠　つきでとうげ　26

今年はまだオオワシを見ていない。この正月休みに北海道の東部へ行った友人がオオワシやオジロワシに出会ったと、嬉しそうに報告してくれて、それはよかった、と喜んだものの、自分がまだ会っていないことが、ちょっと寂しい。冬場、カムチャツカから、北海道、千島列島へ渡る個体が大部分のワシたちだけれど、本土へ渡ってくる個体もある。私が彼らに出会った最南の地は、琵琶湖である。琵琶湖も水質悪化が叫ばれて久しいが、奥（つまり北）の方へ行けば、それでも比較的水はきれいだ。奥には大きめの岬が二つあり、それぞれのつくる湾（というべきか、入り江というべきか）には、冬場なんと一羽ずつ、オオワシとオジロワシが陣取っているのだ。

余呉湖の近くには鷲見《わしみ》村という、今ではもう廃村になってしまった村があった。山に囲まれた小さな集落だが、鷲見という名を考えると、もしかしたらオオワシはずいぶん大昔からこの地へ飛来していたのではないだろうかと思う。ワシはいつも個体で行動するし、親子で渡りをすることもないが、気流か何かの不思議なコースがあって、それを使って琵琶湖までやってくる個体が、時折、出てくるのかもしれない。

オオワシは、琵琶湖で増え過ぎたブラックバスや水鳥を捕まえて、近くの山にある塒《ねぐら》まで飛び帰り、なじみの木の上で食べる。地元の人は、両翼を開いたときの長さが二メートル半にもなるオオワシの飛び姿について、「まるで畳が飛んでくるようだ」と語る。実際、ぐんぐん近づいてくるオオワシの迫力は怖いほどである。

オオワシのいる入り江から、オジロワシのいる入り江に移ろうと、ある坂道を上り切ったとき、深い群青《ぐんじょう》の湖面や、すっと立ち上がる山が見えた。羽柴秀吉と柴田勝家の戦った古戦場として有名な賤《しず》ヶ岳《たけ》だった。血腥《ちなまぐさ》い戦いのあったその昔もまた、オオワシは人間の営みとは無関係に飛び続けていたのだろうか。峠の名まえは月出峠。月は変わらず静かに昇っていただろう。

冷水峠　ひやみずとうげ　27

鹿児島市の小、中、高校には毎年十月下旬の頃になると、妙円寺詣《みょうえんじまい》りと称し日置市伊集院町まで二十一キロを歩く習わしがある。関ヶ原の合戦の折、敗北した西軍に与《くみ》していた薩摩軍は、過酷な状況の中、凄《すさ》まじい犠牲を出しつつも帰還した。妙円寺というのは、そのときの将、島津義弘の菩提寺《ぼだいじ》である。いわば、リメンバー・パールハーバーならぬ、リメンバー・関ヶ原という記念行事なのだ。学校に通う生徒、児童だけでなく、市井《しせい》の老若男女《ろうにゃくなんにょ》、連れ立って、あるいは一人で、思い思いに「妙円寺詣りの歌（二十二番まである）」を歌いながら、歩く。

これをどう考えるか（執念深さと捉《とら》えるか、先祖の苦労を忘れまいとする儒教的精神と捉えるか）、ということは措《お》いておいても、秋もたけなわの頃、ススキが風になびく薩摩街道の山野を延々歩く、というのは、私の街道好きのきっかけになった経験だ。

薩摩から京、江戸を目指す場合、航路を取ることもありうるが、陸路を取る場合も多々あり、その行程も、薩摩街道のみ、というわけではなく、いくつかの選択肢がある。それらを組み合わせつつ、ちょっと険しいけれど人目につきにくい隠密《おんみつ》風コースとか、名物のあるような宿場を伝って行く王道コースなど、時代によって流行《はや》り廃《すた》りもあっただろう。

東海道に箱根の険があるように、どの街道にも必ず難所といわれる峠がある。冷水峠もそうだ。

薩摩街道と日田街道、長崎街道の交差する宿場、山家《やまえ》宿にはいつか行ってみたいと思いつつ、なかなか果たせないでいる。冷水峠はその向こう。往時の石畳も残っていると聞く。伊能忠敬やシーボルト、数多くの有名無名の人びとが、時こそ違え、同じ場所を歩いていったのだ。通る人がなくなると、道は消える。それは実際、私自身もいろいろな街道で目にしてきた。藪《やぶ》のようになり、草木が生い茂り、山に戻っていくのである。人が使わないので廃る、というのは世の習いでもあるのだろう。だが無性に焦る。歩かなければ。

杖突峠　つえつきとうげ　28

　前回、人が歩かなくなった街道は道が消えていく、と書いたが、その意味では長野県の諏訪から静岡県の相良《さがら》に至る秋葉《あきは》街道も、場所によっては風前の灯《ともしび》である。これだけの長さの街道が、地図上の大部分をほぼ直線に近い状態で続いているのは、滅多にないことなのではないだろうか。日本海と太平洋を繋《つな》ぐ、塩の道の一つでもあり(街道の途中には、鹿塩《かしお》という地名もある)、静岡県側にある、秋葉山という信仰の山への参詣《さんけい》の道でもあった(山の頂上には火防《ひぶせ》の神を祀《まつ》る神社がある)。地図上では直線でも、歩くと山脈と山脈の間を縫うように小径《こみち》がついているので、暗い渓谷の道が延々続いたかと思えば、突然恐ろしくなるほど荘厳《そうごん》な山々の峰が、思わず挨拶《あいさつ》をしてしまうほどすぐそこに見えたりする。気づかぬうちに登山並みにずいぶん標高が高いところを歩いていたのだ。もちろん、すべてを歩き切ったわけではなく、近くまで車で来た折々に、迷いつつところどころ、歩いただけなのだが。有名な峠は、青崩《あおくずれ》峠、地蔵峠など。二つとも、車はおろか、歩くことさえ困難である。

　だが諏訪湖近くの茅野《ちの》市から車で登ることのできる峠があり、これは中央地溝帯が走っているその現場であるから、盆地から急坂になっている。大曲、七曲、とカーブが続いて、峠の茶屋からは諏訪湖周辺と八ヶ岳、北アルプスなど周りを囲む山々が一望でき、天気がよければ圧巻である。冬ならば、山々の稜線《りょうせん》が白く浮き出ている。

この杖突峠というのは、杖なしでは登れない難所なのでついた名称だろうと思い込んでいたが、峠の西側にある守屋山が諏訪大社のご神体で、そこから降りてきた神が杖をつくところだから、というのが本来の由来らしい。乱暴な言い方だが、地質的に日本を縦と横に分けたライン、中央構造線と中央地溝帯が交わる辺りでもある。諏訪大社の御柱《おんばしら》祭や御神渡《おみわた》りなど、神霊を鎮《しず》める祭りや神事が多いのは、やはり人びとが古代から、人知を越えた巨大な力の存在を感じ取っていたからだろう。

岬についた名まえ

宗谷岬　そうやみさき　29

地図で見ると正方形に近いひし形の、それぞれの角をきゅっと引き延ばしたような北海道の、そのてっぺんの角は、よく見ると猫の耳が二つ立っているような形をしている。向かって右の耳の方が若干高い。それが日本最北端の地で有名な宗谷岬、左の耳が、宗谷岬に較べると地味だが寂しげな灯台が印象的な野寒布《のしゃっぷ》岬である。どちらも稚内《わっかない》市にある。野寒布岬の根元の方にある稚内港からはサハリンへのフェリーが出航する。五時間半でサハリンのコルサコフ港に着く。

そのフェリーに乗っているとき、数頭のイルカの群れが、フェリーと並行して泳いでいるのを見た。

南から北上してきて日本列島に沿い、その途中、太平洋へ出るのが黒潮の本流だが、東シナ海沖で壱岐対馬《いきつしま》の方へ流れる傍流もある。対馬暖流だ。その流れは日本海を北上し、途中、津軽海峡を太平洋側に回る津軽暖流、さらに宗谷海峡を知床方面に向かって回る宗谷暖流に分かれる。だから、知床辺りでは、時折、あの辺りには絶対にいるはずのない熱帯性の魚の死骸などが流れ着いたりすることがある。つまり、宗谷海峡は、想像するほど冷たい海峡ではないようなのだ（冷たいことは冷たいのだろうが）。

甲板でイルカを見たあと船内に入ると、外側のガラス窓の隅に、蝶《ちょう》の仲間が静止していた。それを見た瞬間、自分のすべての動作が止まった。

　　てふてふが一匹韃靼《だったん》海峡を渡つて行つた。

これはよく知られている安西冬衛《あんざいふゆえ》の「春」という一行詩だが、多分この詩が念頭にあったから、韃靼海峡（間宮海峡）に近い宗谷海峡で、船の窓にへばりついて休んでいた蝶にあれほど感慨を覚えたのだろう（それにしても、あの蝶はどこへ渡ろうとしていたのか？）。

晴れた日、宗谷岬からは、その海峡を隔てて、サハリンの陸地が見える。

禄剛崎 ろっこうざき 30

禄剛崎、という名まえの由来について、二日がかりで調べたのだが、結局わからなかった。

禄剛崎は石川県能登半島の突端部分にある岬である。条件が良ければ佐渡島まで見えるらしいが、私が行ったときはあいにく見えなかった。けれど、日本列島の真ん中辺りから、まるで潜水艦の突出した部分のように飛び出している能登半島の、さらに突出した部分であるから、そこから見る海の広いことは、ほとんど地球がどんな具合に丸いかを認識させられるほどだ。水平線が湾曲しているのがわかる。海からの日の出も海への日の入りも、同じ場所から見える。

禄剛崎へはバスで行き、狼煙《のろし》バス停で降りた。禄剛崎は狼煙町にあるのだ。狼煙という名まえの由来ならわかった。禄剛崎沖は古代から海運の要所であり、北海道、東北の物資を上方（京、大坂）へ運んだ北前船が航行するルートでもあった。曲がっている能登半島の内浦と外浦、二つの潮目の生じる場所でもある禄剛崎沖は航行の重要なポイントで、昔から狼煙を上げて、航行の助けとしていたのだそうだ。それが「狼煙」の由来。

今は明治十六年に設置された灯台がある。目の前が海なのに海抜四十八メートル。つまり、断崖《だんがい》絶壁の上に立っているのだ。だから、灯台だけ見ると、ずいぶんずんぐりした背の低い建物に見えるが、沖行く船に信号を出すには十分な高さになっているのである。

断崖の下は鬼の洗濯板のような千畳敷。落ちたら痛いだろうな、とちらりと思う。そこまで徒歩で登ってくる間には、地元の人びとの丹精した畑や花壇があって、急坂ではあったがなんとなく浮き浮きした気分になったものだ。断崖の上からは、能登半島独特の黒い瓦《かわら》が軒を連ねた家々も見えた。こんな、広い広い海、しかも冬場は信じられないくらい荒れ狂う日本海を目の前にして、日々を送る心の風景とは。禄剛崎の名の由来もわからないままだ。

樫野崎　かしのざき　31

関西でカヤックをしていた頃、紀伊半島にしばしば出かけた。紀伊半島の岬といえば、何といっても黒潮に向かう潮岬《しおのみさき》（和歌山県串本町《くしもと》）である。本州最南端の岬。その潮岬から東へ行くと、大きな橋が海に架かっていて、渡ればそこは紀伊大島。大島の名にふさわしく、ツバキが多く自生している。それから（島内を）さらに東へ進むと、やがて左右から海が近づいてくる感覚があって、とうとう海へ出たな、と思えば、そこは樫野崎。潮岬には一八七三年に灯台ができたが、樫野崎ではそれより早く、一八六九年に、日本最古の石造り灯台の建造が着手され、翌年には完成している。諸外国からの要請で、英国人技師らによって建てられた灯台である。一八六九年といえば、開国間もない頃だ。熊野灘《くまのなだ》を航行する外国船は、よほど危ない思いをしていたのだろう。

私が行ったときは冬の終わり近く、水仙が一面に咲いていた。なんでも、この水仙は、灯台建設に呼び寄せられた英国人たちが、本国を懐かしんで植えた水仙の末裔《まつえい》らしい。確かに水仙は、英国の早春に欠かせない花だ。そして日当りのよい海辺の丘くらい、水仙に適した土地はない、といっていいだろう。とすると、あの水仙たちは、百四十年以上も樫野埼灯台の周辺に根を張っているのである。

だがそのとき樫野崎へ行った目的は、水仙ではなかった。一八九〇年、トルコの軍艦エルトゥールル号が嵐の中、樫野崎近くで座礁《ざしょう》、艦長以下五八七名が死亡するという悲惨な事故があった。当時樫野崎近くの漁村に住む住民たちは献身的に救助、介護に当たった。そのときのことを未《いま》だにトルコ国民は恩義に感じてくれ、それが一九八五年のイラン・イラク戦争時、イラン在住の日本人の救出を、トルコが買って出てくれた（トルコ航空機を派遣）伏線になっている。その出来事のもととなった、樫野崎の海を見たいと思ったのだった。一八九〇年——水仙はそのときすでに、この土地に根を張っていたことになる。

佐田岬　さだみさき　32

四国の地図を見ると、左肩下がり気味のところ、タコの足を乾涸《ひから》びさせたような細いヒモ状の突出部分が見える。長さ約四十キロ。日本で一番細長い半島。幅は一番細いところでは一キロほどだという。岬の先へは昔は海伝いにしか交通の手段がなく、その海路も難所続きというので、正真正銘陸の孤島といわれていたらしい。やっと通った国道も、細く険しく離合《りごう》が難しく、「国道197」を「酷道行くな」と呼んでいたそうだ。それも今ではすっかり整備されて、右に左に次々と、うつくしい海岸と海原（瀬戸内海と宇和海）が展開するドライブウェイになった。

ずいぶん以前に、ミサキ（ミは接頭語）のサキ、あるいはサクという言葉には、目の前でどんどん展開していく景色、新しく開けていく状況、というような意味がある、と何かで読んだことがある。咲くにしても、裂く、にしても。大地が裂けて、新しい芽吹きが展開するような、そういう変化にとんだ先端性のようなもの。目的のために押し進められる力。

さきへ、さきへと岬の先端まで辿《たど》り着いて、鳥ならば飛べもしよう、魚ならば泳ぎもできよう、けれど人は、そこからどこを目指すのか。岬に辿り着いた人は、一様にしばらく声もなく呆然《ぼうぜん》と海の彼方《かなた》を眺める。

さあ、ここまでだよ、と限界を知らされることは、人にとっての救いではないだろうかと、行き過ぎた文明の末路が目の前にちらつくようになったここ最近、特に思う。もうここから先は行けないのだ、と悟ることは、もうここから先に行かなくてもいいのだ、という安堵《あんど》にすり替わる。

尤《もっと》もそのとき私は、国道197号の四国側終点三崎港からフェリーに乗り、さらに佐田岬半島の先端部分に沿いつつ、遥か対岸の佐賀関半島の関崎へ向かったわけなのだが。そんな綱渡りのようなことをして、きっと人類はそれでもなんとか先へ進もうとするものなのかもしれない。

長崎鼻　ながさきばな　33

長崎鼻は薩摩半島最南端の岬で、すぐ近くに薩摩富士とも呼ばれる開聞岳《かいもんだけ》が見え、また海に開けた風光明媚《めいび》なところだから、当然ながら観光の土産物屋等も軒を並べ、一昔前のテーマパークといった趣で、偏屈な子どもだった私にはにぎやかで世俗的なイメージがあり、苦手なところだった。

鼻、は端にも通じ、九州では岬の代わりに鼻を使うことが多いのだというのは知っていたが、今回調べてみたら、「長崎鼻」という地名は、この指宿《いぶすき》市のものをのぞいても、九州だけで四ヶ所もある（長崎県対馬市、同佐世保市、熊本県天草市、大分県豊後高田市）。千葉県と香川県にも一つずつある。長崎鼻とは、「崎」、と「鼻」がくっつき、それが「長」いというのだから、それぞれよほど「岬」性のようなものを強調したくなる地形なのだろう。

そもそもハナが、端っこに突出しているという意味なら、「花」だって、先へ先へと目まぐるしく変化していった植物の先端部分、という意味合いもあったに違いない。けれど地名の最後が花で終わる岬は、今考えても思いつかないから、ハナという発音の持つ端っこ性は、全国的に鼻が受け持つことになったのだろう。

ハナ（端）から、という言葉がある。周知のようにこれは「始めから」、という意味だが、もしかしたら、「ハナ」には、「ここから始まる」という、先端部分のイメージがあるのかもしれない。「ミサキ」に、辿り着いた終点の地、というおしまいの先端部分のイメージがあるのに対して。

そういうふうに考えると、長崎「鼻」は、なんだか南島からやってきた人びとが上陸してくる、南からの視点があるようだし、対岸の大隅半島の佐多「岬」には、本土からやってきた人びとが呆然と地の果てを眺めている、北からの視点があるように思えてくる。だから、「鼻」のつく海に面した土地が、九州に多いのではないか、と思うのだが。

長崎鼻にもずいぶん行っていない。今行けば、きっと楽しめるだろう。

谷戸と迫《さこ》と熊

殿ヶ谷戸　とのがやと　34

関東に住むようになってから、ずっと気になっているのが「谷戸《やと》」の存在である。場所によっては、「谷津《やつ》」とか「谷《や》」とか呼ばれる。森に覆《おお》われた小さな尾根と尾根の間に挟まれた窪地《くぼち》で、小規模な扇状地的地形。あるいは丘陵地の谷間、アニメーションの『となりのトトロ』に出てきそうな里山風景、といったら想像しやすいだろうか。

幼い頃を過ごした鹿児島では桜島、京都では比叡山《ひえいざん》、滋賀では比良《ひら》山脈に三上山(近江富士)、芦屋では六甲山と、自分の中の方位決定基準点ともいえる山々をたよりに外を出歩いてきた私には、「東京には山がない」という事態は、どうも落ち着かないものだった。けれど、山がないといっても、坂は多いのである。都心部すら真っ平ら、ということはなく、けっこう「うねって」いるのだった。そして郊外に行くとそのうねりはもっと大っぴらになって、多摩丘陵や狭山《さやま》丘陵などが隆起してくる。谷戸はそういうところに出現する。湧《わ》き水が小川をつくり、田畠《たはた》を耕作しやすく、水害もほとんどない。小集落が落ち着いた暮らしを営むのに格好のロケーションだったのだろう。

東京都の国分寺駅から歩いて数分のところに、殿ヶ谷戸庭園という公園がある。ここは武蔵野の植生や起伏に富む地形を生かしながら野趣にとんだ造園をしているところで、冬場はセツブンソウ、春にはカタクリやクマガイソウなど、今は滅多に見られない野草が、観察できる。駅のすぐそばで自然に咲いているのが（便利だし）感慨深い。紅葉の美しさは格別だ。

大昔、多摩川の浸食によってつくられた河岸段丘をハケといい、ここもその一部で、美しい清水の湧き出る池を持つ。庭園の名の由来は、ここが昔、国分寺村殿ヶ谷戸という地名だったからというのだが、なぜ、それが殿ヶ谷戸と呼ばれることになったのか、ということについての言及には未《ま》だ出会っていない。

小さな谷戸　35

谷戸《やと》はバス停などにまだ名を残しているところもあるが、多くは五十年ほど前に新しい地名に変わり、消えていったものも多い。関東の中でも神奈川県は比較的○○谷戸が多く残っている。私が感銘を受けたある谷戸には、もともとそこの地所の持ち主の方のお名まえがついていた（武田さんだったら武田谷戸、とか。もしくは大昔、その谷戸名にちなんで住んでいる家の姓が決定されたということもあったかもしれない）が、住所表記からはすでに消えてしまっている。仮にO谷戸としよう。

O谷戸の農家に戦前お嫁にきたOさんは、谷戸の風景をこよなく愛しておられた。山のあちこちで穏やかに煙をたなびかせる炭焼窯《すみやきがま》。赤く熟した柿《かき》の実が映える草葺《くさぶ》き屋根の家々。坂にある湧き水がつくる小川に遊ぶサワガニたち。だが、昭和四十年のあるとき、測量技師たちが谷戸を訪れてから状況は一変した。この谷戸の真ん中を弾丸道路が通るというのである。Oさんを始め、当時はみな、何のことだかわからなかったが、工事が始まり破壊されていく風景を目にすると、とりかえしのつかない事態の深刻さを悟った。けれどOさんは諦《あきら》めなかった。

ブルドーザーが入る予定の山林から、とりあえずエビネラン、クマガイソウなどを自分の地所に移植した。工事と競争するようにその作業を続け、植物たちを守り抜いた。

今、お宅を訪ねると、庭の端には、東名高速道路中、最も交通量が激しいと思われる地点の防音壁が、まるで塀のように立っている。が、その塀一枚こちら側は、キンラン、ギンランなどがひっそりと咲き、静かな竹林にはシャガが咲き、春には柔らかくおいしいタケノコが顔を出す桃源郷である。その高速道路をしょっちゅう行き来していた時分の私には、排気ガスに染まった灰色の塀の向こうにこういう世界が広がっていたとは想像すらつかないことだった。奇跡の庭である。

水流迫　つるざこ　36

「迫《さこ》」は、東日本で使われる「谷戸《やと》」や「谷《や》」の代わりに、同じような条件の土地を示すのに西日本で多く使われる地名（や、地名の一部）である。広辞苑《こうじえん》では「（関西・九州地方などで）谷の行きづまり、または谷。せこ。」とある。だが地形的には確かに「谷戸」とよく似ているが、状況が急迫しているただならなさが、「迫」にはある。

すぐそこまで差し迫る山。夜の闇《やみ》の深さも半端《はんぱ》ではない。だが谷戸と同じように水に恵まれ、山の幸にも恵まれる。里山、というよりももう少し山に近い。けれども明らかに山ではない場所。ここまでは人の住むところ、そこから先は人外のもののテリトリー。そういう境界性が、「迫」という一字ににじみ出ている。

この一字だけを使った地名は、奈良県川上村、大分市にもあるが、同じように「迫」、と書いて「はさま」と読ませる地名なら、滋賀県や愛知県にもある。やはり、山の狭間《はざま》、という意味だろう。〇〇迫という地名は、南九州の都市の郊外、山の際《きわ》によくある地名だ。

宮崎県小林市にある水流迫は、古代から川に沿って開かれた集落で、地下式横穴墓六基が発見され、小林古墳として昭和十四年に県史跡に指定された古い歴史を持つ土地である。江戸期から明治二十二年まで水流迫村と記録され、以後現代まで、大字として水流迫の地名が残っている。

水流をツルと読むのはなぜだろう。桑水流、上水流、下水流など、南九州にそういう名字が多いように思う。関東の方に都留という地名があり、これもツルと読ませるが、関係があるのだろうか。それは鶴《つる》や蔓《つる》とも繋《つな》がってくるのだろうか。

こういうことを考え始めたらきりがなく、ああでもないこうでもない、とほとんど丸一日が過ぎていく。古代の人びとの心情に近づこうとして、気づけば締切が過ぎていく。

唐船ヶ迫　とうせんがさこ　37

前回までに、関東以北で使われる谷戸《やと》という名は、水の湧き出る小さな谷間を指す、と書いたが、これは『常陸国風土記《ひたちのくにふどき》』に出てくる原野の神、夜刀神《やとのかみ》に由来するという説がある。それもまた想像を駆り立てる。時の権力にまつろわぬ土着の神を山へ追いやり、以後低地に出てこぬよう神として祀《まつ》ったということらしいが、同じ地形を指す、西日本、特に九州で多用される「迫」には、そういう「征服する」概念が希薄に思う。命名者が「征服される」側だったからか。

谷戸もそうだが、迫も、今では字名として残るばかりで、それだけにローカル色の極まったリアリティがある。

鹿児島県指宿《いぶすき》市にある唐船峡《とうせんきょう》は、湧出《ゆうしゅつ》する水の量が豊富で、谷間を埋めて流れるほどだった。今でもその深い谷間に降りると、真夏でもひんやりするほど涼しく、水は清らかで冷たい。スギの大木の林から湧出してくるらしい。

昔、ここがフィヨルドのように深い入り江であった頃、唐船が出入りした（のか、できるほど深い、と思ったのかわからないが）云々《うんぬん》から、付近は唐船ヶ迫と呼ばれていたという。命名はそれにちなんでのことらしい。ソーメン流しの発祥の地でもある。豊富な水資源を利用し、竹樋《たけどい》に流したソーメンを食する、といういかにも子どもが喜びそうなアイディアで、昭和三十七年、当時の開聞町は今でいう町興《まちおこ》しをはかった。それはみごと成功。当初竹樋を流れていたソーメンは、すぐにテーブルの上のたらいの中をぐるぐると回るようになった。このソーメン流し器は地元の人の発明によるものだそうだ。

ソーメン流しを、「子どもが喜びそうな」と書いたが、実は私自身の小さい頃は、落ち着いて食べられないのであまり好きではなかった。食べるなら食べる、遊ぶなら遊ぶで、脳の働かせ具合をはっきりさせたかったのだ。当時から風流を解さない、融通の利《き》かない脳であった。

熊　くま　38

熊はクマ。球磨《くま》であり、隈《くま》。辞書で引くと、道や川などの入り込んだところ、奥まった場所、光と陰の接するところ、などとある。谷戸《やと》や迫《さこ》と同じような地形でありながら、もっと人里から離れたイメージがある。

なぜだろうと考えたが、どうもそれは視点の位置にあるのではないか。谷戸や迫が、地面の上に立っている人の視線なら、クマというのは、もっと上から全体を俯瞰《ふかん》したときの視線からのネーミングに思えてならない。雲の上の神の視点？　だろうか。

大地が収斂《しゅうれん》して幾つもの細かい隆起が刻まれたところ。陰影も深く奥ゆきがあり、決して平板ではない。クマとはそういうところ。歌舞伎《かぶき》役者が顔に塗る「隈取り」も、動脈静脈を表しながら似たような効果を狙《ねら》っているのだろう。狙っているわけではないのに目の下にできるクマも。

○○迫は南九州に多いが、○○隈は、九州北部、西部に多い。

しかし両方を合わせたような、熊迫村、という名前の村が、大分県野津町に、明治八年まであった。合併で消滅したのは返す返すも残念だ。が、同じ大分県には、熊という地名も隈という地名もある。

熊の方は正式には大分県宇佐市安心院町熊、という地名で、見るだけでほっとくつろぐような何かがある。安心院町の安心は、だが、あんしんと読むのではなく、あじむ、と読む。謂《いわ》れはいろいろな説があるようだが、その中の一つに、この土地が昔大きな湖で、葦《あし》が生い茂っていたことから葦生、それが転じてあじむとなった、というものがある。京都の芦生と同じだが、さすがに「安心院」からその連想は難しい。国東《くにさき》半島を熊の頭とすれば、その首根っこの真ん中の辺りにある。文字通り山の谷間にある小さな村だが歴史は古く、安倍実任《さねとう》が開いた勝光寺、彼が祀《まつ》った熊神社がある。

晴々とする「バル」

長者原　ちょうじゃばる　39

谷戸《やと》や迫《さこ》は陰影深く、生物相も豊かなところだが、やはり日の上るのは遅く、沈むのは早い。陰気か陽気かと訊《き》かれれば陰気なところかもしれない。それと正反対に、○○原《ばる》と呼ばれるような土地は、高台でいつも陽が当たっている印象だ。原をハルと読ませるのも九州地方に多い。生命力の漲《みなぎ》る春、張る、という意味があるのだろう。「原」も晴れがましい上に、そこに「長者」がつけば、なんだかめでたくて、住んでいるだけで長生きできそうな地名である。「長者原」で引くと、福岡県粕屋町《かすやまち》の長者原、大分県玖珠《くす》郡にある九重連山の長者原がまず出てくる。後者は行ったことがある。けれど、以前読んで、忘れられない民話の舞台が長崎県壱岐市、つまり壱岐島の東、玄界灘に面した長者原崎であった。民話の筋はこういうものである。

長者原に、正月になると浜へ出て竜宮への供え物を欠かさない老夫婦が住んでいた。それが感心だといって、竜宮の竜王は、夫婦に何でも欲しい宝をやるという。竜王に会う前に使いのものに知恵をつけられていた夫婦は「ハギワラ」をくれという。めでたく「ハギワラ」をもらった二人は、ハギワラに欲しいものをねだり、次々にそれを手にする。しかし次第にハギワラの粗野さに耐えかねるようになった妻の方が、夫にハギワラを竜宮に返してくれと言い出した。夫がその通りにした途端、倉一杯の宝は灰塵《かいじん》と帰し、十六歳の若さにしてもらっていた夫婦は元の通りの老婆《ろうば》と老爺《ろうや》に戻ってしまう。

世界中にある、「女房のいらぬ差し出口」パターンの民話であるが、私が気になって仕方なかったのは、読んだ本に、この「ハギワラ」とは何か、という説明、描写が一切なかったことである。物なのか動物なのか人なのか。萩原さん、だろうか。

この機会に、と、今回調べてみたら、国際日本文化研究センターのデータベースに、ハギワラ、禿童とあった。つまり、禿《は》げた童《わらべ》だったのである。萩原さんではなかった。長年の謎《なぞ》が解けて、爽快《そうかい》である。

西都原　さいとばる　40

高校時代のことだ。考古学に興味を持つ友人が、週明け、(国内最大規模の古墳群を持つ)西都原に行ってきてとてもよかった、と語った。西都原かぁ、とそのとき興味を持ち、今度の日曜日に私も行こうと思い立ったが、実際に私が足を運んだのはそれから何十年も後のことだった。確かに、とてもよかった。

西都原は宮崎県西都市に位置する洪積台地で、古墳のあるところは国特別史跡公園となっている。三一一基もの様々な形式の古墳が非常に良い状態で保存されている。ちょうど春の頃で、菜の花が一面に丘を染めていた。見晴らしのよい丘陵地帯で、どこまでも続く草原のような伸びやかさがあった。

角川日本地名大辞典によれば、西都原は古くは斎殿原《つきどのばる》と呼ばれていたらしい。それが音読みになって、西都農原となり、西殿原、西都原、と転訛《てんか》していったというのである。西都原もいい名だと思っていたが、斎殿だなんて、いかにも古式ゆかしい、考古学好きの気に入りそうな名まえではないか。今は連絡の取れないその友人に教えてあげたい。

西都市はまた、東九州自動車道が通っているところでもある。北九州市から始まる国道10号線は九州山脈の凄《すご》み（端っこを行くくらいなのに）を感じさせる道路で、北から下ってきて直見から宗太郎（地名なのである）の辺りとかは大好きなのだが、平地に降りると単調だ。単調だな、と思った辺りから東九州自動車道が始まっており（北進してきた工事がここで終わっているのか）、それにのるとすぐに西都市である。環境に与える様々な負荷を考えると、自動車道というのはないにこしたことはないのだが、あればあったで便利だからつい使ってしまう。「（偉そうに環境のことを憂《うれ》えてみせたりしても）おまえは車に乗るだろう！」と一喝されたら一言もない。あれこれ考えて、いつも葛藤《かっとう》を抱えたままぐずぐずと眠りにつくのである。

新田原　にゅうたばる　41

西都原《さいとばる》から一ツ瀬川沿いに下ると、航空自衛隊による航空ショーで有名な新田原がある。にゅうたばる、と読む。

新、と書いて、にゅうと読ませるなんて、英語の new を思わせ、斬新《ざんしん》な名まえのように思っていたら、付近は新田《にゅうた》という、鎌倉期から記録に出てくる、由緒《ゆいしょ》ある地名なのだった。新田原はまた、東都原とも（西都原を意識してのことだろう）呼ばれ、ここにもまた新田原古墳群（東都原古墳群）、二百七基がある。

西都原にしろ、東都原にしろ、こんなに古墳が集中してあるのはやはりただごとではない、という気がしてくる。邪馬台国《やまたいこく》の有力な候補の一つというのも頷《うなず》ける。そして宮崎には、なぜか子音に yuu と続ける土地名が多いのだ。別府と書いてびゅう（byuu）と読ませるのは延岡市の町。大分まで行けば、別府はべっぷである。福岡県行橋《ゆくはし》市の新田原は、にゅうたばるではなく、しんでんばると読ませる。この「子音プラス yuu」の多さは、やはり、古墳群がこんなにあることと無関係ではないのではないかと、古い物好きのにわか探偵はあれこれ想像してしまう。考えれば日向だって、ひむかではなく、hyuu-ga だ。

想像はどんどん膨らみ、古代、使われていた言葉の発音は、今の日本語のようにかっちりしたものではなく、もっと風の吹く音のような、小鳥のさえずりのようなものだったのではないかと思うと、そういう言葉が飛び交う日常を想像して楽しい。恋人同士のささやきが優しいのは言うに及ばず、路上でおしゃべりする声、母親が子どもを寝かしつける声、叱《しか》る声さえ、鳥の声のように流れていく、そういう日常。会議や怒号になると、大風が吹いているような感じなのだろうか。

そんなことをうっとりして考えているとき、宮崎市に新別府という町があるのを見つけ、もしや、「にゅう・びゅう」と読むのでは、と一人で色めき立ったが、これは穏当に「しんべっぷ」、と読むのだそうだ。

催馬楽　せばる　42

西都原《さいとばる》はもともと斎殿原《つきどのばる》だったらしい、ということは前々回に書いたが、熊本県球磨郡あさぎり町には神殿原というところがあり、これは「こうどんばる」と読むようだ。人吉《ひとよし》市の東方に位置する。土地の謂《いわ》れは今、私には知る由《よし》もないが、聞く者をして、きっと古くからの由緒ある地名に違いないと思わせる神々《こうごう》しさがある。

こうどのばる、が、こうどんばるに変わるというのは、南九州にありがちな、助詞の「の（no）」からoが欠落して「ん（n）」になるタイプの転訛だろうと思われるが（「西郷どの」が「西郷どん」になるような）、「つきどのばる」が「さいとばる」となる過程に一時あったといわれる、「西都農原」からは、oだけではなくnまで飛ばしてしまって「西都原」になってしまったわけなのだろう。飛ばされた「農」は上になじみの「都」をつけて都農《つの》町となり、近隣に健在だ。

鹿児島市にある「せばる団地」は催馬楽と呼ばれる土地にある。昔この辺りに住んでいた隼人《はやと》族が、雅楽の一種、催馬楽《さいばら》をよくしていたという故事からついた地名のようだ。宮廷守護のために都に上った際も、朝廷でよく演じていたという。この近くに、「たんたど」と呼ばれる地区があって、これもまた変わった名まえだが、催馬楽が演奏される際の鼓《つづみ》の音だとも、近くを流れる水の音だともいわれているそうだ（鹿児島市ホームページより）。「たんたん」ではなく、「たんたど」と切り上げる辺りが、隼人族とその末裔の気性を表しているような気がする。

催馬楽のサイがセに転訛するのは鹿児島ではありそうだが、原という字ではないにもかかわらず、バラという音をバルと読むということは、これもまた、やはり、バラで終わるより、バル、と言い切る方が、心性にあっているということなのだろうか。語尾のちょっとしたディテールにこそ、生き生きとした「らしさ」が現れていて、興味は尽きない。

いくつもの峠を越えて行く

山越　やまごえ　43

京都、滋賀の両方を車で行き来していた頃、使うルートは、市街地から市街地へ抜ける昔の東海道「逢坂《おうさか》の関」か、京都の北白川から比叡山沿いを登り、滋賀の近江神宮の裏手に出る「山越」、京都の八瀬、大原から若狭《わかさ》へ行く鯖《さば》街道に一部沿い、途中で伊香立《いかだち》の方へ降り、還来《もどろぎ》神社前を通りつつ琵琶湖畔、堅田《かたた》に出る「途中越《とちゅうごえ》」、あとは「小関越《こせきごえ》」という小道もあるが、主に使うのは先の三つのうちのどれかであった。

山越も、昔は曲がりくねった細い道で、次から次へとカーブが続くと、思わずためいきとともにビートルズの曲の一節、the long and winding road（長く曲がりくねった道）、を口ずさむのが常だった。途中、山上に開けた比叡平団地という住宅地（昔は不便で風流な別荘地だった）の横を通るが、あるときその団地行きのバスに乗り、団地奥で降りて、東山の方を目指して歩いた。比叡山から東山の辺りは花崗岩《かこうがん》とホルンフェルス（花崗岩が熱いマグマとして噴出してきたとき、周囲の堆積岩《たいせきがん》と接触した部分が硬く焼けて変質したもの）で出来ており、そこに桜石という名の石が現れることがある。名の由来は、石を割った面から暗く艶《つや》のある模様が見え、それが桜の花びらによく似ているためである。ときにはまるごとの桜の花の形をしたものも出てくることがある。正式な名まえは菫青石《きんせいせき》仮晶という。それもまたうつくしい。腐葉土のふかふかした下りの登山道を、水の流れる音を聞きながら、桜石の出てくる場所を探して歩いた。石に夢中になっていた時代であった。

今、机の引き出しにはこのときの桜石の欠片《かけら》が転がっている。約一億年前ドラマティックな生成過程を経て、ここ千年ほどは山越をする人びとの数々のドラマを見てきた桜石。だが私の死後遺品を処分する人は、きっと一顧だにせずゴミに出すだろう。そう思うと不憫《ふびん》なので、機会があったら生まれた場所へ返しに行こうと思っている。

三太郎越　さんたろうごえ　44

データを取ったわけでも、正式なものでもない、あくまでも私個人の印象からなのだが、太郎は峠、次郎は沢、三郎は風、四郎は知らないが五郎は岳、というイメージが強い。たとえば五郎なら、北アルプスに野口五郎岳、富山県の立山連峰にも黒部五郎岳という山がある（大岩が「ゴロゴロ」している、という洒落《しゃれ》らしい。「野口」は麓《ふもと》の村、「黒部」も土地の名まえ）。

宮沢賢治の童話『風の又三郎』は、賢治の親友、保阪嘉内《ほさかかない》の故郷である甲府盆地に吹く「八ヶ岳おろし」、別名「風の三郎」がそのアイディアの源ではないかといわれている（ちなみに、八ヶ岳には風の三郎岳もあり、風の三郎社と呼ばれる風の神を祀《まつ》る社もある）。風の神を三郎と呼ぶ伝承は、甲信越地方に多いようだ。

次郎沢はどこだったか、北日本のどこかだったと思うが、いくつかあったような気がして、いつの間にか私の中では次郎は沢、と独断的な位置づけがされている。

太郎を峠、と思うのは、難所続きで有名な三太郎越の印象が強いからである。熊本の、うつくしく穏やかな八代海《やつしろ》に面した、芦北《あしきた》の山々を貫く薩摩街道にその難所はある。北から、田浦《たのうら》近くの「赤松太郎峠」、佐敷の「佐敷太郎峠」、津奈木《つなぎ》町の「津奈木太郎峠」、三つを合わせて「三太郎越」。

生身の人間が立ち向かうには、あまりに厳しい自然の姿を前にして、このように擬人化してしまう、というのは先人のなんという素晴らしい工夫であるか、と思う。「赤松の太郎」、「佐敷の太郎」、「津奈木の太郎」等、手強《てごわ》いわんぱく小僧みたいなタフさとかわいらしさが無意識にイメージされ、その名を口にするたび、昔の旅人が、やれやれしようがない、もうひと頑張りしようか、という気分になってくるのがわかる。太郎でも次郎でも三郎でも五郎でも、そういう名づけには、長年付き合っても手に負えない家族に対するような諦めと愛着を感じる。今では道路も整備され、三太郎越のある旧道を通る人はほとんどないと聞く。

二之瀬越　にのせごえ　45

よく車で東京―関西を行き来していた頃のことだ。下りのときなら名古屋を過ぎて、養老SAから伊吹PAの間を通ると、左手に高く聳《そび》える山々が壁のように見えてくる。その辺りは関ヶ原。日本海から太平洋に向けて風が最短で吹き抜ける場所でもあり、昔からの交通の要所でもあった。そしてやがて右手にはどこか神さびた伊吹山の存在。なんだか圧倒されるような気がしたものだ。

その、左手に聳える山々というのは養老山地だ。昼間でも山の霊気が感じられるような区間で、況《いわん》や夜などは思わずきっと口を引き結んで緊張しながら走った。夜中の二時頃、バンビのような若いシカが突然路上に現れ、思わずハンドルを切ったこともある。真夜中で通行車も少なく、となりの車線に車がなかったからよかったものの、今考えてもあれは危なかったと思う。若いシカはヘッドライトに立ちすくんでしまっていたのだろう。

そういう、いつも遠くから仰ぎ見るだけで聖域のように思っていた養老山地を、思いがけず横断するはめになったことがある。

取材の旅だったので、私は風景を見ることに専念し、運転は編集者の方に任せていた。滋賀県の琵琶湖側から三重県側へ、一日中山の中を運転してもらい、帰りは三重県から国道306号を北へ走り名神高速に入るはずだった。だが、車は途中で306号を外れ、地元の道に入った。国道306号は昔の巡見《じゅんけん》街道で、一部関ヶ原の戦いの薩摩軍の退路とも重なっている。今は幹線道路で往時を偲《しの》ばせる風情《ふぜい》はそうないけれど、地元のぐねぐね道を行くよりは遥《はる》かに運転は楽なはずなのだ。外れた瞬間、私はそれを思い、今ならまだ戻れると運転手に知らせたが、迷い込んだぐねぐね道にはとても情緒があり、彼女は既にすっかり魅了されていた。見ると目が光っていた。疲れがある閾値《いきち》に達すると、別人のようにワイルドに、またパワフルになる人で、私はそれを知っていたので、もう無駄な口出しはしなかった。次第に対向車もない深い山の中へ入っていった。峠を越えたと思えばまた峠。どこまでもそれの繰り返し。これはただ事ではない、名のある道に違いない、そう話しながらふと車窓を見ると、崖《がけ》の下、延々と続くカーブが遥か彼方《かなた》まで続いていた。車を止めてもらい、運転手共々見とれた。私たちのその山越えの道を「二之瀬越」というのだと知ったのは、東京に帰宅した後のことである。あの養老山地を越えていたのだった。

牧ノ戸峠　まきのととうげ　46

前々回、「次郎は沢」と書いたが、編集部に原稿を渡すと「次郎といえば私にはやはり筑紫次郎です」という声が（そっと）返ってきて、おお、そうであった、と筑紫次郎の雄姿を思い浮かべ、彼にすまなく思った（気にしてはいないだろうが）。筑紫次郎は筑後川、利根川の坂東太郎、吉野川の四国三郎とともに、昔暴れん坊でならした大河三兄弟の堂々たる次男坊である。その筑後川水系の一つ、玖珠《くす》川は、遡《さかのぼ》れば大分県の水分峠《みずわけ》で二手に分かれ、筑後川組となっている。袂《たもと》を分かったもう一方は大分川となって別府湾へ注ぐ。水分峠は文字通りの分水嶺《ぶんすいれい》なのだ。そして辺りを走る県道11号線は、そこから阿蘇《あそ》方面にかけて、やまなみハイウェイと呼ばれる。

初夏の頃、このやまなみハイウェイを車で走る清々《すがすが》しさは格別だ。九重連山の山々の美しさと空の青さに見とれながら長者原《ちょうじゃばる》を過ぎ、牧ノ戸峠を越えると、視界が開けていくにつれ目の覚めるような緑の美しさ、空の高さ広さ、底抜けの快活さ。ああ、もう阿蘇の神々の管轄《かんかつ》に入ったのだな、と思わされる。同じような広々とした野原や山々の景色を目にしても、地方によってそれぞれ印象が違うのは興味深い。北海道は突き抜けるような透明感、信州にはきりりとした繊細さ、そして阿蘇には豪放さが感じられるのだった。緯度の高さ低さによる光の加減だろうか。けれどやはり、そこの山の性格のようなものが大きいのだろう。

生きることはその人だけの山脈を征《ゆ》くことに似ている。思いもかけない谷戸《やと》や隈《くま》に入り込み、原や鼻にさまよい出て、様々な坂を越えつつ、けれどあるとき決定的な峠を越えると、これまでとは全く違う世界が待っている。ああ、ここでゆっくりできる、と思っていても、しばらくすると実はもう既に次の峠に差し掛かっていることがわかる。

やまなみハイウェイは、牧ノ戸峠から阿蘇の外輪山、瀬の本高原に入る。筑後川本流は、この辺りに端を発するらしい。

島のもつ名まえ

風早島　かざはやじま　47

数年前、カムチャツカから帰国のため乗った飛行機は、関西国際空港へ直行するはずの便だったので、まさかその辺りを飛ぶとは思いもよらなかった。うとうとしていて、ふと、もうそろそろ、と窓の下をのぞくと、陸地が見え、すぐに様々な形の緑の島々が、所狭しと青い海に浮かび始めた。なんとものどかで麗《うるわ》しく、にぎやかで楽しい光景だった。一体ここはどこだろう、と東北、北陸、いろいろな場所を想像したが思いつかず、そのうち、ある島々の配置を見て、あ、これは瀬戸内海だと確信した。けれど北からまっすぐ南へ降りてくるだけのはずの飛行機である。どう考えてもその飛行機は下関より西の辺りから引き返してきていた。島々が次から次へと現れる最中、大きな橋も一つならず出てきた。最後は淡路島まで確認、神戸空港の上を素通りし、そして無事関空へ着陸した。素人《しろうと》の考え及ばない管制塔の指示、何か緻密《ちみつ》な空の航行スケジュールによるものなのだろうが、どのくらいの燃油が無駄になるのかと不安に思いつつ、実は嬉《うれ》しかった。

私が最初にそこを瀬戸内海だと確信したのは、以前愛媛県の高浜港から船で渡った忽那《くつな》諸島の島々が、はっきりと見えたからだった。それぞれが今でも独自の文化を育《はぐく》んでいる島嶼《とうしょ》である。くつな、というその音も味わい深いけれど、その中の一番大きな島、中島は、昔風早島と呼ばれていた。今は柑橘《かんきつ》類の栽培が盛んで、初夏の頃行くと島中が白いみかんの花の香りに包まれ、歩きながら思わず「みかんの花が咲いている……」と口ずさんでしまう。昔から半夏生《はんげしょう》の頃行われる、「虫送り」という害虫避《よ》けの祭りでは、子どもたちが藁《わら》でつくった船を掲げ、鉦《かね》や太鼓を鳴らしながらみかん畑の間を行進する。みかんにつく害虫の霊は船の中に納められ、最後には海に流される。風が早く、潮流もまた早い海域である。虫の霊はどこへ送られたのか。飛行機の上から青い海を見、改めてそう思った。

甑島列島　こしきじまれっとう　48

甑島列島出身の友人がいて、その彼女がなんともおおらかで春の海のような気立ての人だったので、甑島というのはよほどすてきなところだろうと、昔から漠然とは思っていた。彼女から聞くのんびりとした島の情景も、浮世離れしてまたよかった。甑島列島は薩摩半島の西側に位置する。東シナ海海上にあるが、黒潮の傍流に当たる対馬海流が流れているので、島には亜熱帯的な雰囲気が漂っている。

十数年前、串木野《くしきの》港から出る高速艇に乗って上甑島へ渡った。最短で高速艇五十分ほどで着く。気負わずに行ける、ちょうどいい距離だ。島の中はどこを行ってもすぐに海が見えた。海岸沿いには艶々とした葉のヤブツバキが、丸々とした実をつけていて、いかにも食べられそうで試みにちょっとかじってみたが、もちろん油などもすぐにそのまま出るわけがなく、二度とこのようなことはするまい、と肝に銘じるような味だった。何でもすぐに口に入れる自分の癖を呪《のろ》った。帰りの船で、乗船窓口のおばさんと話し込んでいるうちに、自分が乗船料を払ったのかどうか忘れてしまった。向こうも受けとったのかどうか忘れ、「一日の集計が終わったらそのことがはっきりすると思います」とのこと、いわれるままに電話番号を教えた。帰宅すると、留守番電話に彼女からの伝言が入っていた。折り返し電話すると、そこは彼女の自宅ではないようだった。同じ名字の、近所の親戚《しんせき》の家が、彼女への電話を取り次いでいるようだった。「今、呼んできますから」と、その家の方が受話器を置いて、彼女を呼びに行った(足音が響いた)。その間、私の脳裏にははっきり、あのヤブツバキなどの照葉樹やソテツなどの亜熱帯性の木が生い茂る家々の間の露地を、下駄《げた》履きで小走りにかける人の姿が浮かんだ。それから、二人で電話口へ帰ってくる気配が。

私はお金を払っていなかった。少し長めのお詫《わ》びの文章と、遅くなった乗船料を封筒に入れて、島へ送ったことだった。

ショルタ島　しょるたとう　49

始めるときは、ただ漠然と日本の地名に関わることを書こうと思っていたが、ほとんどが関東以西の地名ばかりになった。思い出深い土地は東北にもたくさんあったけれど、書けばどこかが決定的に過去形になってしまう。今はまだそれがつらかった。外国の地名は不案内が理由で言及しなかった。地名とは歴史の厚みや地勢的な経験が凝縮されたシンボリックな記号である。ちょっとくらい聞きかじったところで漏れのあることは初めから明白だった（日本の地名でもそれは同じだが、母語だからまだまし、と着手するくらいの蛮勇はあったのだ）。

が、今まで旅した中で一番素朴な名を最後に取り上げたい。それはアドリア海に浮かぶ島、クロアチアのショルタ島にある港の上の村の名である。

ショルタ島は緑のお椀《わん》をぽこんと伏せたような形でアドリア海に浮かぶ、約六十平方キロメートルの小さな島である。島全体に野生のハーブが生い茂る（私の「薬草袋」に入っているドライハーブもとはこの島のおばあさんからもらったものだ）。最初に本土から人が渡って住み着いたのは、港の上の方にある村らしい。この村の名まえが、日本語で言うと「上の方」というのである。古代、それで十分用が足りたのだろう。以来何千年も、その村は「上の方」と呼ばれている。

それが地名というものの本来の形なのだろう。その場所を呼ぶ必要があるとき、誰もがわかる形でそこを表す。それに文化的な修飾がついたり、中央集権的な記号性の高いものへ取って代わったりする。

素朴で穏やかな島の暮らしに憧《あこが》れて、ショルタ島には国内外から休暇を過ごしに人びとがやってくる。「上の方」村には咲き匂《にお》う野生のハーブの花を求めて養蜂《ようほう》業者も住み着いた。ここの野生のローズマリーの花の蜜《みつ》は絶品だ。「上の方」という名のイメージは、そういう香り高いものになりつつある。地名も人名も、およそ名というものはそのように、長い年月をかけ本来の意味から自由に変化成長していくものなのだろう。

あとがき

この葉篇《ようへん》集（掌篇よりはかなげなこの「葉篇」という言葉は、ある方の造語である）は、二〇一一年から二〇一二年にかけて西日本新聞で連載されたものである。文字通り葉っぱが降り積むように、これまでの生涯で縁のあった土地の名を重ねていく連載にしようと思った。地名、というものが、単なる記号以上のものを意味しているということは、常々感じていたことだったので、連載の緩い括《くく》りとしてのテーマを考えるようにいわれたとき、これならなんとか続くのではないかと思いついたのであった。

読者が九州管内、というその新聞社からの希望もあり、できるだけ九州の地名にすることを心がけたが、それほど厳しいルールとしなかったので、「括り」によっては九州以外の地名も登場する。思い出に結びついた東北の地名もあったが、最後の稿で述べたような理由で、ついに言及できなかった。「括り」はまた、新聞のそのときどきの掲載可能な日にちにも強く影響を受けている。たとえば、元旦《がんたん》の週は、特別編成であったりするので、一回しか掲載され得なかった。それで、一回だけの「括り」となった。その他にも「括り」が一定していないのは、突然変更止《や》むなくなった週もあったからである。それもこれも、この「薬篇」が一枚一枚できあがっていったときの、一筆書きのような生まれように、そぐわないものでもないと思えたので、そのままの体裁で残すことにした。この本の読み方、といって、著者がお願いするのもおかしなことだが、薄い本ではあるけれども、連載時と同じように一日一篇、と読んでくだされば、五十日間は持つ（もっとも実際の連載時は間に休みもあるので、連載期間は数ヶ月ほどになった）。

いつだったか、ずいぶん前のことだが、旅をしたことのある土地の名が、ふとしたおりに、「薬効」のようなものを私に与えてくれていると気づいた。「薬効」、と意識すればそれだけでまた、効果は倍増する。そういうこともあり、薬草袋ということばを、タイトルのどこかに入れたく思った。連載一回目の「タイトルのこと」に付け足して、ここにそれを記しておこうと思う。私の「薬草」が、だれかの非常時、ささやかな当座のものであったにしても、同じように「薬効」を発揮しないとも限らないから。そうなれば、うれしいことだ。

二〇一三年二月

梨木香歩

風と双眼鏡、膝掛け毛布

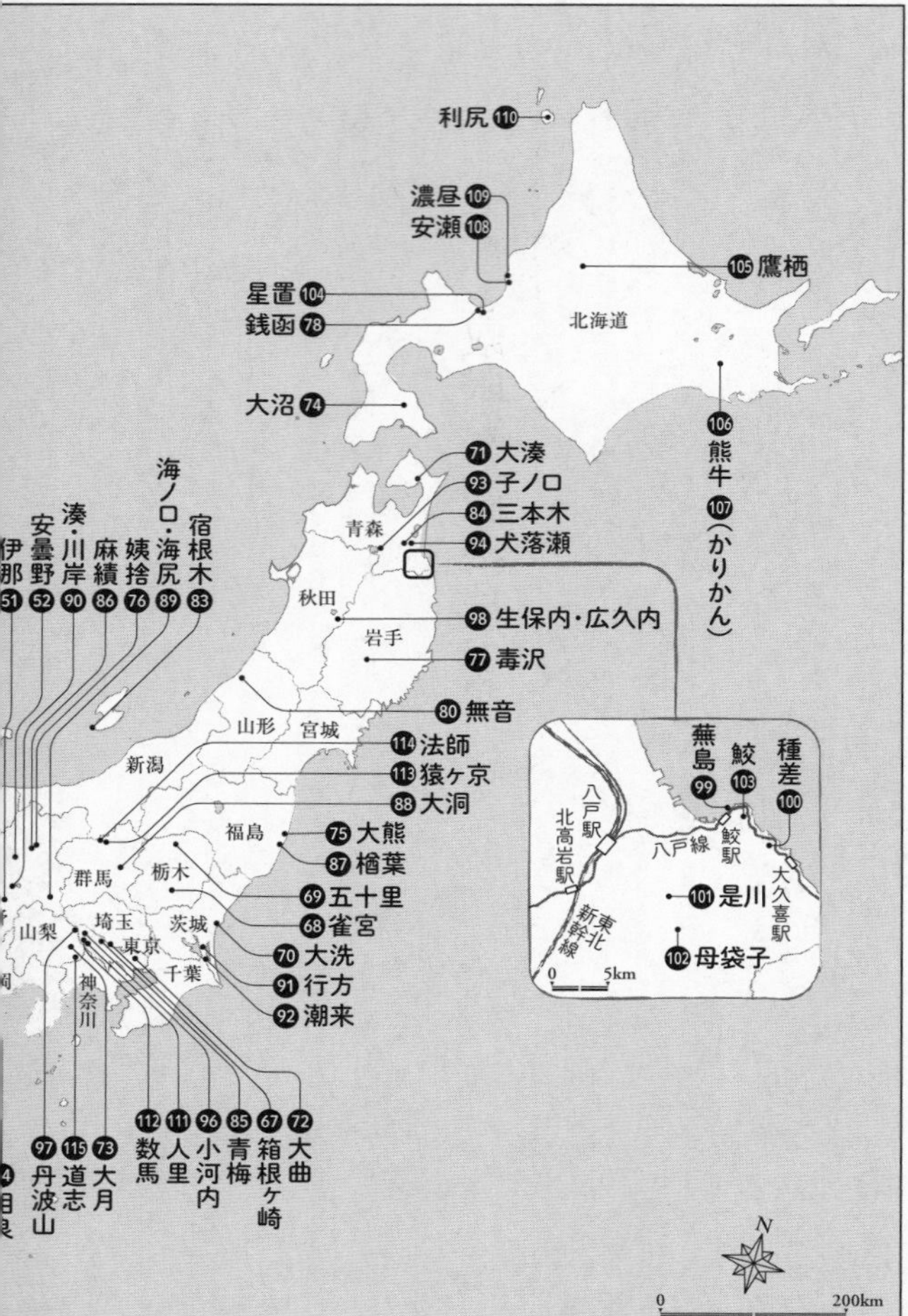
利尻 110
濃昼 109
安瀬 108
105 鷹栖
星置 104
銭函 78
北海道
大沼 74
106 熊牛
107（かりかん）
71 大湊
93 子ノ口
84 三本木
94 犬落瀬
青森
秋田
98 生保内・広久内
岩手
77 毒沢
80 無音
山形
宮城
114 法師
113 猿ヶ京
88 大洞
新潟
福島
75 大熊
87 楢葉
群馬
栃木
69 五十里
68 雀宮
山梨
埼玉
茨城
東京
千葉
神奈川
70 大洗
91 行方
92 潮来
宿根木 83
海ノ口・海尻 89
姨捨 76
麻績 86
湊・川岸 90
安曇野 52
伊那 51
72 大曲
67 箱根ヶ崎
85 青梅
96 小河内
111 人里
112 数馬
73 大月
115 道志
97 丹波山
蕪島 99
鮫 103
種差 100
八戸駅
北高岩駅
八戸線
鮫駅
大久喜駅
101 是川
102 母袋子
新東北幹線
0 5km
N
0 200km

制作／アトリエ・プラン

風と双眼鏡、膝掛け毛布　地図

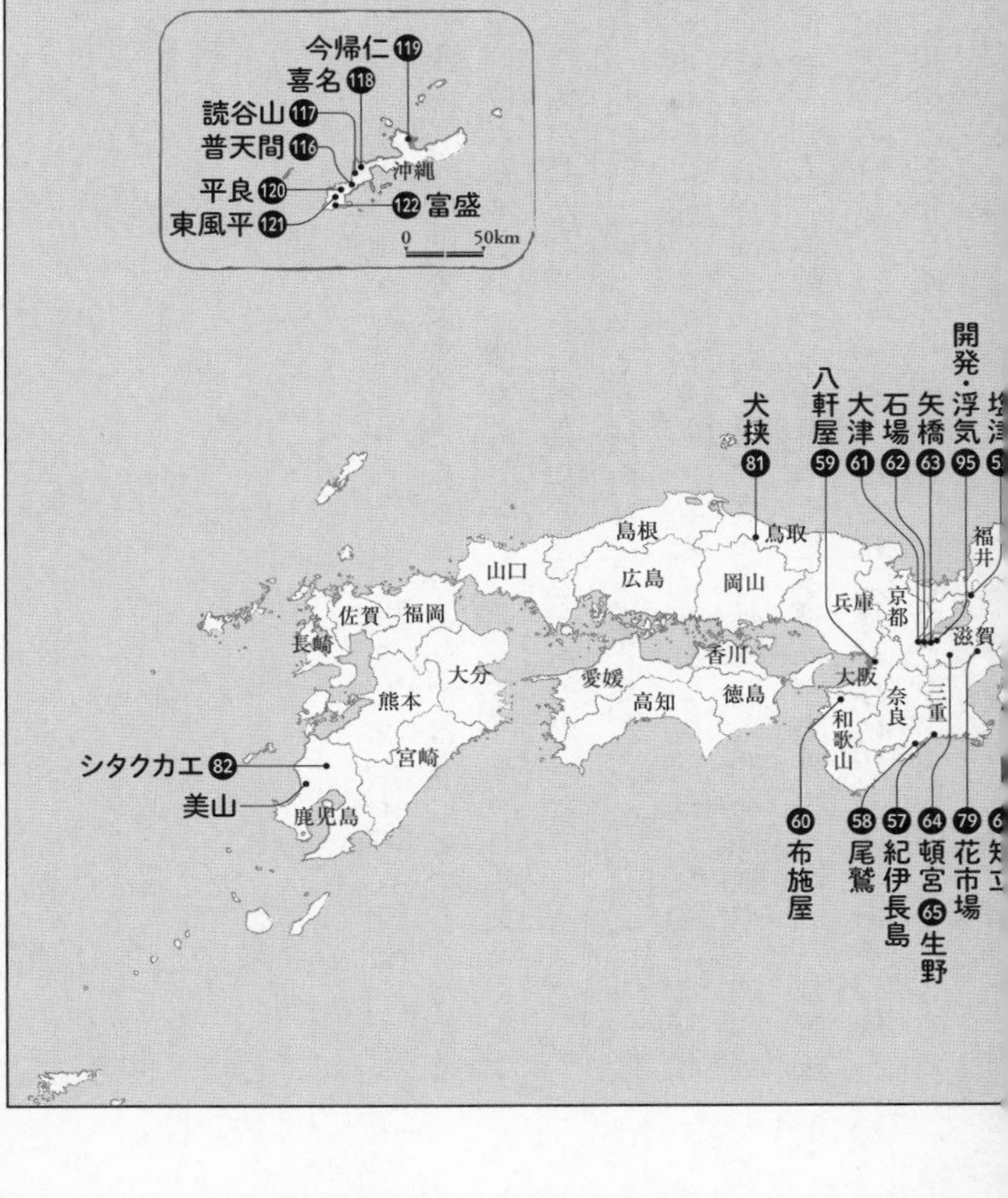

タイトルのこと
始まりの短いあいさつとして

『鳥と雲と薬草袋』では、おもに九州地方を中心とした地名にまつわる話を書いた。地名というものは奥が深く、学問的な考察はとても自分の任ではないというのは始める前からわかっていた。けれど地名が一個人にかかわってくる、その力の表れようならなんとか書けるような気がしたし、また書きたいと思ったのだった。

北志向がありながら、北方のことを書くのは自分には難しい気がしていたが、「好き」が高じたのか齢《よわい》を重ねるに従い蛮勇が生じ、新たに連載（以前書いたものより北寄りの地名が多い）を始めることになった。思い起こされる個人的な経験や、調べられる範囲で知り得た情報、知人の体験談、それこそ風が運んで来たような話、双眼鏡で鳥を観察しに行ったときの経験、カヤックを漕《こ》ぎに（浮かびに行くのである、ほんとうは。それで悠長に膝掛《ひざか》け毛布を使う）行った川や湖のこと。そういうとりとめのない、「地名」が自分に喚起するもろもろのゆるい括《くく》りとして、タイトルを決めた。地名の持つ力が、私にとって気分を一新する「風」になりうるように、読むひとにも作用してくれたら有り難いと思う。

Ⅰ

塩の道・三州街道の地名

足助　あすけ　50

塩の道は日本中至るところに存在するが、塩尻《しおじり》という地名が、塩の道の終着を意味するのだということにあるとき気づき、一瞬虚をつかれた。あまりに見慣れた地名だったので、しみじみ考える機会を逸してそれまできたのだった。いや、考えるまでもない、一目瞭然《いちもくりょうぜん》、塩の尻、ではないか。迂闊《うかつ》だった。そして、その場合の「塩の道」とは当然のように千国《ちくに》街道（日本海に面した糸魚《いとい》川から塩尻までの街道）だろうと思い込み、またしばらくの時を経て、何かのきっかけで塩尻は日本海とは逆方向の三州街道と秋葉《あきは》街道という塩の道の「塩尻」でもあるのだと知らされ、またしても虚をつかれた思いになった。秋葉街道もまた塩の道だったとは。秋葉山から始まるのだと思っていたが、そこからは天竜川沿いに遠州灘《えんしゅうなだ》はすぐそこだった（街道筋に鹿塩《かしお》という地名もある。山中に岩塩でもあるのかと思っていたが、そうではなく、ほとんど海水と同じ塩分濃度の塩泉が湧《わ》き出るためらしい。昔それを鹿《しか》が舐《な》めている光景からつい た地名なのだろう）。秋葉街道のことは以前別のところで書いたので、今回は三州街道筋の地名を取り上げようと思う。

足助は、「あすけ」と読む。地名の由来は昔この辺りを治めた足助氏からくるともいわれているが、その足助氏も、足助に来るまでは別の姓を持ち、この地にちなんで足助姓を名乗るようになったらしいから、今となってはよくわからないようだ。足助は、海辺の愛知県岡崎から険しい山地（この辺りは南アルプスと中央アルプスの端っこに当たり、両方の勢いが収まらずモヤモヤと一体化している、そんな「険しさ」を越えて向こう側の山裾《やますそ》、飯田に降りるこの三州街道の、まさにこれから心して山国へ分け入るのだという場所にある。昔は交通の要所でも、今は大きな駅を外れた街道筋の宿場町には、まるで時が違う速度で流れているかのような昔懐《なつ》かしい風情《ふぜい》をたたえたところ（関宿とか伊賀上野とか）があるが、足助もまさにその代表格の一つといっていいだろう。町中には江戸や明治の時代からの建築物が多く、観光地然としていない生活実感を漂わせながら機能している。こんな文化ゆかしい環境で育ったわけでもないのに、街を歩けば心落ち着き、山間《やまあい》を縫うように奔《ほとばし》る川沿いを行けば昔の記憶が甦《よみがえ》る気がする。太平洋側から行けば、いよいよこれから足を助ける備えをして難路に臨もうという場所、内陸の山側から来れば、ようやく足が助かった、とほっとする場所。だから、足助なのか。それとも音が最初にあって、字は後付けなのか。よく思うことだがこの地名についても、いつか疑問が解消される日が来るのだろうかと、淡い寂しさのようなものを感じる。——ほんの少しの無力感とか、諦《あきら》めとか、確実にあった遠い日（足助という地名が決定された日）への郷愁とかがミックスされたようなもの。飯盛山《いいもり》という山は、それこそ存在しない都道府県はないのでは、と思われるほど、里によくある山の名だが、足助にもあって、春先には一面カタクリの花の絨毯《じゅうたん》が見られる。

伊那　いな　51

伊那もまた、三州街道、塩の道の宿場町であった。中央自動車道をよく利用していた時期があり、いつか伊那に滞在したいと思っていたが、十年近く前、その願いを果たした。伊那で泊まれば、高遠《たかとお》辺りから南アルプス方面も望めるし、それこそ秋葉街道を少し、探索することもできる。そして反対を向いて権兵衛《ごんべえ》街道で中央アルプスを横断して、木曾谷《きそだに》へも行ける。その昔、山のこちら側と向こう側（伊那谷と木曾谷）は全く違う文化、環境で、しかも行き来は難しかった。間をつなぐ権兵衛街道はその名の通り、権兵衛さんが拓《ひら》いた道である。高遠に近い伊那の山村で幼少期を過ごした、ある女性登山家のエッセイを読んだ折、そこに書かれた権兵衛峠からの眺めがとても印象的だったこともあって、一度登りたいと思っていたのだった。彼女が権兵衛峠、またその向こうのまだ見ぬ木曾谷に憧《あこが》れていた頃——今から八十年ほど前——の風景の描写。

「伊那からの眺めは、殊《こと》に夕べの風景がすばらしかった。真っ赤な夕陽が牛の背のように黒々と伏せる大きな駒《こま》ケ岳《たけ》の向こうに沈んでいくとき、木曾は燃え狂う太陽の坩堝《るつぼ》であり、幻想的なお伽《とぎ》の王国であった」（北原節子「秋の権兵衛峠」アルプ第80号より）。

幸い、私の泊まった宿の近くを権兵衛街道が通っていた。そこから峠へは、そのとき道が荒れていて通行は無理と聞かされ、あるところまで車で新しくできた車道を行くことにしたのだが、気づけば当時完成したばかりの快適な「権兵衛トンネル」を、あっという間にくぐり抜けてしまい、木曾谷のほうへ降りてしまっていた。しばらく呆然《ぼうぜん》としたが、通ってしまったものは如何《いかん》ともしがたく、そのまま中山道の奈良井宿を堪能《たんのう》した。

塩の道・千国街道の地名

安曇野（保高宿）あずみの（ほたかじゅく） 52

保高宿は千国《ちくに》街道を糸魚川から数えて二十番目、松本宿から三番目の宿場町である。保高は穂高の前にあった地名という説もあるが、昔から両方使われてきた節もある。辺り一帯、今は安曇野市の一部だ。安曇族が川を遡《さかのぼ》ってこの地に住み着いたともいわれているが、だとしたらそれは塩の道、千国街道が出来る以前だったのだろう。

昔、縁があってこの辺りの不動産を見に行った。借りるつもりだったが、話の流れで「まあ、見るだけでも」と、売却用の土地もついでに案内され、もちろん手が出ないのだが、唯一《ゆいいつ》心惹《ひ》かれ、かなり真剣に購入を考えた土地があった。他の区画と比べると随分安い。その理由が、敷地に残る巨大な石のモニュメント（?）なのだった。無造作に置かれたような大きな石の群れの上、畳大ほどの石板が、斜めになった天井のようにあちこちで被《かぶ》さっていたりする。専門家がいうには、古代安曇族の遺跡なのだという。その言を引きながら案内人から申し渡されたのが、「市のほうに申請すると、遺跡と指定されて動かせなくなってしまう（から秘密）」ということだったか、「すでに遺跡と認定されているから動かせない」、ということだったか、ずいぶん前のことで忘れてしまったが、いずれにしろ、これは動かしてはいけないものだという有無をいわさぬ存在感があった。

安曇族は古代、九州福岡県の志賀島《しかのしま》辺り一帯に拠点を置いていた海人族で、各地に安曇、厚見、渥美、熱海など数え上げればきりがないほど多くの地名を残している。北は山形県の飽海《あくみ》郡にも。私が一時住まいしていたこともある滋賀県には安曇《あど》川という地名があり、そもそも滋賀という地名も志賀島からとられているという説があるという。

安曇族は地名を残すということに何か強迫的な熱情を持っていたのか。だが本人たちがいくら残したいと思っていたとしても、後のその地域地域の事情でまったく違う地名になっていった可能性もあるのだから、もしかすると、これでもだいぶ少なくなったほうで、本当はもっとあったのかもしれない。よほどの勢いだったのだろう。

奥穂高岳山頂に嶺宮《みねみや》がある穂高神社の祭神には、その親、綿津《わたつ》見命《みのみこと》（志賀島にある志賀海神社の主祭神）も祀《まつ》られている。穂《ほ》高見命《たかみのみこと》のほかに、に見える北アルプス最高峰に海神を祀るのは、征服した地に旗を立てたい衝動と同じようなものなのだろうか。いや、自分たちの慣れ親しんだ神を祀ることで、この地に根をおろす覚悟を決めたのかもしれない。どんなに内陸に入ったとしても、海人族なのだというアイデンティティを捨てなかったということなのだろうか。その後、保高が塩の道の宿場になったことも感慨深い。

安曇野は、五百体を超えるといわれる道祖神が、道路脇《わき》に鎮座ましましていることでも有名である。特に穂高駅周辺には多く、遥《はる》かな山脈を望み、のどかな田園地帯を歩いているときに道祖神を見つけると、大昔からこうやって旅する人の歩いた街道であったのだろうと感じ入る。そしてまた、安曇族も、時の権力者に強いられてやってきたのかもしれないが、この地に来てここを愛さなかったとは思えない。その安曇族の遺跡が残る土地を、購入可能な地として紹介されたのだった。

真夜中、木々の葉むらから漏れる月の光を浴びたこの石の舞台の上にぼんやりと立ち上がる、古代海人族の幻影を思い浮かべ、私の心はすっかりこの土地に鷲摑《わしづか》みにされた。庭に遺跡があるなんて、こんな贅沢《ぜいたく》なことがあるだろうか。

けれど結局、それは私の「庭」にはならなかった。まず、私の資力でそこを買うとしたら、遺跡部分より他は、犬小屋を置くほどの余裕しかないということ。山陰《やまかげ》で湿気が多すぎて、住むにはあまり愉快ではないだろうということ、等々がその理由だったが、諦めきれない私は、それならいっそ遺跡の中に住むのはどうだろう、そういうことが可能だろうか、とまであれこれ夢想した（もちろんそんなことは許されない）。屋根はブルーシートで覆《おお》う、そして内部の床は……。まったく非生産的な営みに思われるかもしれないが、この夢想は、後に『僕は、そして僕たちはどう生きるか』という小説を書くときに実現できた。広大な農家の庭に、安曇族の遺跡が残っている。完膚なきまでに傷ついた、ある一人の少女が隠れ住む場所としてそこに辿《たど》り着くのだ。古代の力強い生命の営みの残した気配が、この少女の再生に力を貸してくれたら、と密《ひそ》かに願った。

一八七四（明治七）年、安曇郡保高町村、保高村、矢原《やばら》村、白金村、貝梅《かいばい》村、等々力《とどろき》町村、等々力村が合併、保高村はなくなったが東穂高村が生まれた。一九二一（大正十）年、穂高町となり、この名前は、二〇〇五年に他の四つの町村と合併し、安曇野市となって消滅するまで存続した。

塩の道・秋葉街道の地名

御門・政所　みかど・まんどころ　53

秋葉《あきは》街道が塩の道とは知らなかった、と書いたところ、Nさんが、「秋葉街道塩の道は、私の家の前で曲がっています」と知らせてくれたので、驚いて見に行くことになった。

雨の朝だった。つい先日まで「五月の新緑！」とうっとりしていたのに、東海道新幹線車窓から見える山々は、もう、すっかり茂り切って暗い緑陰を作っている。六月はすぐそこ、低く垂れた雨雲の動きを目で追いながら、走り梅雨、と、小さく口にしてみる。

Nさんとはずいぶん久しぶりの再会だ。十年前、小さな図書館の集まりに呼ばれて話をしたとき以来になる。

掛川の駅について、菊川市のお宅へと向かう。山間部の、茶畑の起伏を抜けたところに古民家を改造した彼女の家があった。百年はゆうに経《た》ったかと思われる造りで（と書けば豪邸のようだが、誤解のないように記しておくと、ご自身の生活は、センス良く本質に根ざした、質実なものである）、ひとかかえもありそうな天井の梁《はり》は、まっすぐでなくユニークな曲がり方をしている。近くの山から調達してきた、土地の木を使ったものらしい。木を無理に矯《た》めることなく、曲がり具合に逆らわず建てられた家は堅牢《けんろう》なのだろう。建て替えた方が安くつく、という周囲の常識的な意見にも耳を貸さず、その個性を愛《め》でてくれる住み手を得て、家としてはかなり幸福な生涯を送っているのではないか。梅雨の頃の湿気が、梁や柱の黒々とした艶《つや》をしっとりと光らせ、近くの土を使った三和土《たたき》の色を濃くしていた。

家は、車一台通るのがやっとの、両側から木々や下藪《したやぶ》の緑が溢《あふ》れんばかりの起伏に富んだ道筋に接している。近くを通る幹道に比べると、この道に進入してくる車は桁《けた》違《ちが》いに少ないだろう。けれど、これが間違いなく「塩の道」であることは、つつましく路傍に掲げられたプレートが物語っている。その先が小さな坂になっていて、上ったところには、朽ちかけてはいるが、立派な造りの常夜燈《じょうやとう》が、今も当時の盛んな往来を偲《しの》ばせつつ、ひっそりと建っていた。これと同じタイプの常夜燈を、この日の午後、海に向かう間にいくつも見かけた。江戸中期、盛んになった秋葉山信仰で街道筋の村々が賑《にぎ》わっていた頃、ほぼ一斉に建てられたのだという。

辺りを散策しながら、お話を聞く。今歩いているこの辺りは、御門、という地名なんです。御門？　ええ、それで、その先には、政所、という地名が残っていて……。だから、ほら、という風にNさんがこちらを向いて、おお、政所とは……という風に私が目を丸くする。

政所、という地名は滋賀県の（今は）東近江《ひがしおうみ》市、旧永源寺町にもあった。その昔、文徳天皇の第一皇子、惟喬《これたか》親王が隠棲《いんせい》していたといわれる場所の近くであった。藤原氏の追っ手（彼らの立てる皇子の皇位継承を脅《おびや》かす勢力になることを危惧《きぐ》した）から、逃げてきたのだという伝説が残っている。そこには政所を始めとして、近くには、君《きみ》ヶ畑《はた》、高松御所《たかまつごしょ》と呼ばれる金龍寺《きんりゅうじ》など、伝説にちなんだ名前があちこちに見受けられた。

そういえば、秋葉街道塩の道にも、皇子の隠れ住んだといわれる大鹿村《おおしかむら》があったことを思い出す。南北朝時代、後醍醐《ごだいご》天皇の皇子、比叡山座主《ひえいざんざす》であった宗良《むねよし》親王が、父帝の戦《いくさ》に駆り出され、還俗《げんぞく》して南朝方を率い、各地を転戦した末、大鹿村を治めていた香坂高宗《こうさかたかむね》に庇護《ひご》され、三十年をここで過ごした。大鹿村は南朝の拠点になったことから、秋葉街道はその勢力の行き来する道としてもずいぶん往来が盛んだったという。同じ秋葉街道筋にありながら、大鹿村とは随分離れているけれども、菊川市の御門、政所も、そのことに関係する地名なのだろうか。けれど、この辺りにそういう伝承があったことは聞かない。公民館の敷地にあった周辺の案内板でも、そのことは言及されていなかった。

御門、政所、という珍しい地名でありながら、その由来にまったく触れていないというのも不自然な気がした。それとも、あまりに馴染《なじ》んでしまって、珍しいという感覚が芽生えなかったのだろうか。そんなことを考えていると、政所には、昔鍛冶屋《かじや》があったらしいですよ、とNさんがいう。この辺りのお年寄りは、皆、懐かしそうに、鍛冶屋で作ってもらった○○は素晴らしかった、っておっしゃるんです。○○はうなぎ釣りの仕掛けであったり、工具であったり。ホームセンターで買う出来合いのものとはまったく違う、って。

御門周辺の地元では、政所は「昔鍛冶屋があった場所」なのだった。

相良　さがら　54

それにしても、街道というものの独特さをどう表現したらよいものだろう。見知らぬ土地を車で走っているとき、ふと勘が働いて、自分は今、古くから人の行き来してきた道に入ったのだと気づくことがある。わかりやすいところでいえば、自動車の通行を勘定に入れてつくられていない道のうねりであったり、家々の道に面している部分に付けられた、低くても細工のある二階の欄干であったり、ちょっと凝った出入り口であったり。豪勢なことができなくても、それなりに人から見られることを意識している造りなのだ。けれどそれは、町の場合である。

今回、昔は山野の間に点在する村であっただろう街道を通り、なかの一軒も拝見させていただいて、今まで漠然と感じていた街道筋の村の構えというものが、なんとなくはっきりした気がする。それは、「いつ誰が駆け込んできても、対応できる覚悟」のある構えなのだ。例えば、入ってすぐの広い三和土、長い上がり框《かまち》。ゆとりのある軒下、そして納屋《なや》。もちろんそうでない（街道が通っているわけではない）村の民家にもそういうものはいくらもある。けれど、なぜか、私が今まで見知っている「街道筋の村の家」には、そういう排他的でない、いうなれば「開かれてある緊張感」といったものが感じられたのだった。

「あの家は、おもて、と呼ばれています。その西隣りが、にし、おもてとにしの裏が、こうや」

歩きながらNさんが、説明する。こうやとは、後家だろうか。苗字《みょうじ》で呼ばずに、街道に対してどう位置しているか、そのポジションを屋号として使うようになったのかもしれない。南北に延びていた秋葉街道は、この辺りで東西に横たわる。

秋葉街道の出発点として、相良が挙げられているのを知ったとき、秋葉街道はほぼ一直線と思い込み、そう書いてもきた身とすると、素直に信じ難かった。順当にいけば御前崎《おまえざき》の辺りのはずであった。相良であれば、斜めどころか極端に曲がって、かなり（脳内秋葉街道地図を）修正しなければならなかった。だが実際のところ、地元に来て、Nさんの手元にあった郷土の資料を拝見すると、もうそれ（秋葉街道が一直線ではないということ）は「周知の事実」のようだった。街道は、秋葉山より太平洋側では、菊川の辺りでほぼ直角に曲がり、海岸線に到達している。そこが相良。そして直角といっても、小さな曲折を細かく繰り返し、結果的に（大勢《たいせい》としては）直角なのだ。相良の近くには古い塩田もある。塩の道の始まりとしては説得力がある。

ここまで来たからには相良まで行きたい、と車で連れて行ってもらうことになった。縮尺の小さな地図で細かい曲りくねりはわかったが、車に揺られていると垂直方向にもかなりの上り下りがあることを体感した。なかんずく決定的に高い牧之原《まきのはら》台地が、地図では舌のように下がっており、車はそこを登っていく（だが反対に相良から来る場合は、この台地を越してもこれからまだまだ南アルプスへ分け入っていかなければならない、その道中を思う）。

車の進行方向、少し開けた場所が出てくると、そこにはすかさず茶畑が広がっている。明治維新の頃、職を失った武士達が、この辺りの土地を開墾して茶の木を育て始めた。気候風土が合い、全国一の茶の産地となった。話には聞いていたが、どんな小さな地所にもきちんと茶の木が植えられてあるのを目の当《ま》たりにすると、感慨深い。やがてあちこちで照葉樹林の森が、湿気を孕《はら》んだ暗緑色の底光を見せ、鬱蒼《うっそう》と佇《たたず》んでいるのを目にするようになる。海辺が近づいているのだ。車は坂道を、牧之原台地を下りていく。途中、まるで突然夜になったかと思われるほど暗い杉林が現れる。いかにも街道のよう、と目を凝らしていると、急に視界が明るく開け、眼下に相良の街並み、そしてその向こうに海が見えた。海だ、海だ、と声を上げる。きっと、信州の山奥からここまでたどり着いた人びとも、ここで一斉に声を上げるか、思わず立ちすくんだに違いないと思う。

相良の町に下りると、「塩の道起点」のモニュメント（？）のようなものさえあった。知らぬまま、今までよくも秋葉街道を語ってきたことよ。ここから塩尻へ、そしてさらに塩尻から日本海へ続く千国《ちくに》街道に入ると、その行程三百五十キロ、太平洋と日本海をつなぐ、まさに堂々たる「塩の道」なのだった。

塩田を探して須々木《すすき》浜のほうへ行く途中、松林の横で車を停め、私たちは林の中を歩いて浜へ向かった。波の音がする。リュウゼツランの仲間がいくつもコロニーを作って花を咲かせ、ハマボウフウが風になびく。紛れもない、海の匂《にお》いがする。長い砂浜を、波が打ち寄せては引いていく。水平線の上には、濃淡様々な雲がダイナミックに流れていく。ああ海だ、海に出たんだ、ともう一度声を上げた。

塩の道・塩津海道の地名

塩津　しおつ　55

友人たちからの土産物で、クロアチアの古代都市、ニンの海塩や、シチリア島の岩塩など、エキゾティックな塩の類《たぐい》が台所で活躍している。それぞれ個性があって、その差異に物語があるようで楽しい。塩は人体の円滑な運営に欠かせぬものだから、古代から浜辺では塩作りが行われ、内陸では岩塩が掘り取られてきた。そしてそれを運ぶ塩の道は、世界各国にあったと思われる。友人たちが、日本の私の家まで運んでくれた行程も、ある意味では現代の塩の道だ。

以前住まいしていたこともある滋賀県は近江《おうみ》（淡海）の国、淡水の琵琶湖《びわこ》は、塩こそ産出されないものの、湖《うみ》と呼ばれるほど大きく、地図で見ると、上部は北西に左足の指が三本並んだような形をしている。中指、薬指（足指のそれもこう呼ぶのだろうか）、小指の三本の入り江のうち、一番深く北に入り込んだ中指部分の先、つまり琵琶湖最北の入り江に、塩津がある（小指部分は海津《かいづ》で、その岬は海津大崎と呼ばれ、春になると桜が断崖《だんがい》を縁取り、湖に向かって咲き誇る。その断崖の下、雪のように降り落ちる桜の花びらのなかを航行するのが、毎年のカヤッカーの楽しみである）。

古代、琵琶湖は今とは比べ物にならないくらい水運業が盛んであった。よく知られているように、「津」というのは港として栄えたところで、琵琶湖の沿岸にも、大津、草津、今津などの「津」がある。それらが比較的知られているのに対して、奥琵琶湖の塩津は、同じ滋賀県民ですら南部に住む者には馴染みのない地名だ。けれどここは日本海に面した敦賀《つるが》からの最短距離で海と湖を結ぶ街道の、終着の地であり起点となる地であった（さらに琵琶湖を通過して淀《よど》川水系を使えば大阪方面へも物流が可能であった）。往時塩津の入り江は、丸子船という琵琶湖に適した構造の帆掛船が、湾を埋め尽くすほど隆盛を誇った。越《こし》の国々等日本海側から畿内《きない》への物資は、敦賀を経由してまずは塩津へと集まったからである。文字どおり塩が運ばれる塩の道であった。

近江塩津は現在、京都方面から鉄道で向かうと、湖西線の終着駅でもある。

先日、所用があって山科《やましな》からこの線を利用した。

右手に琵琶湖、左手に比良《ひら》山地、その合間に広がる棚田の緑を楽しみながら、近江今津を過ぎ、マキノを過ぎると、あれほどどこまでも続いているように思えた湖にもとうとう終わりが来て、この長閑《のどか》な行程もおしまいというように野坂《のさか》山地に突き当たり、列車はトンネルに入る。トンネルを出て、右手を振り返るようにすると、再び湖が現れる。これが海津の入り江だ。永原《ながはら》の駅を過ぎ、そしてまたトンネル、そこを出てもまた右手後方に湖が見える。塩津浜だ。琵琶湖最奥部《さいおう》である。近江塩津で下車、プラットホームから地下道へ続く階段を降りる。冷気が体を包む。地下道へ降り立ち、一瞬軽い衝撃を受ける。人の手で掘ったに違いない、と思われるほど、素朴な地下道で、戦前からあるものと確信した(が、地元の駅員の方はこの点については不確かだった。少なくとも自分が物心ついた時にはすでにあった、ということである)。地下道は国道8号線に面した駅舎へと直結している。駅舎自体は近年建てたらしいが、鄙《ひな》びた風情を品良く出したもので、小さな事務室では地元の女性の方が駅員の仕事をされていた。塩津浜へ行く方法などを尋ねた後、

「地下道に寒いくらいの冷風が吹いていますけど、空調をされているのですか?」

「いえいえ、まったくの自然の、地下の冷風。すごいですよね。このあたりは本当に田舎でねえ……。どうも、コウモリもあの地下道を行き来してるみたい」

苦笑しながらいう。

「え？　コウモリ？」

「ええ、女子トイレにコウモリがぶら下がっていることがあります。小さいの。このくらい」

と、指でサイズを示す。

「あ、キクガシラコウモリだ……」

塩津の町は、閑散として道に人影も少なかったが、常夜燈や塩津海道（塩津の人々にとっては、文字どおり、海への道であったわけである）と刻まれた道標も残っている。塩津浜は、往時の賑わいなど微塵《みじん》もない、寂しいがこぢんまりと風情のある浜で、琵琶湖の最北に届いた波が、穏やかに浜辺を洗っていた。

ぐるりと一回りして用事を済ませ、また駅へ戻ると、もう事務室は閉まっていて、無人駅になっていた。近江塩津は北陸本線へと連絡しており、ここから敦賀方面へ行けば日本海へ、また米原《まいばら》方面へと行けば、途中、山間に鎮《しず》まるうつくしい余呉《よご》湖を楽しみながら湖沿いに南下し東海道本線に合流、琵琶湖一周ができる。このときはこちらを行った。夏の余呉は山の緑濃く、小さな湖は青い空と白い雲を映して眩《まぶ》しいほどだった。

奥琵琶湖の二つの入り江には、冬になるとそれぞれ、オオワシとオジロワシが渡ってくる。空にもまた、昔からの風の流れの道があるのだろう。コウモリが、ひそかに地下道を行き来するように。

北陸道の地名

岩瀬　いわせ　56

北陸道は、古代、政治と文化の要《かなめ》であった畿内（京都、奈良を中心とする関西圏）と、日本海側を結ぶ街道だった。といっても、そもそもは、行政上の地方区の一つとして（ずいぶんのちに新しく制定された北海道が都道府県の一つであるように）律令《りつりょう》制で定められた、本州中部日本海側地域の呼称であるのだが、同時にそこを通る道をもまた意味していた。中央の人間には、長い道のりを辿っていかねばならない遠い地方のことは、道も、その土地全体も、さして違いがなく、同じ名称で脳内に不都合がなかったのだろう。

時代が移ろえば、意味するところのものまで変わってくる。最近では北陸道というと北陸自動車道を思い浮かべる人が圧倒的だろう。だが昔からの北陸道は、海岸線のすぐ横を細々とつながっているような街道で、自動車道のほうは複数の車線を必要とする幅の広い道なので、大部分並行しているとはいえ、同じ道では決してない。北国《ほっこく》街道と呼ばれることもあるが、北国街道といえば、大抵は、北陸道の起点と終点から、それぞれ、内陸に横たわる中山道へとつながる道（中央自動車道と東名高速道路を結ぶ圏央道のように。だから北陸道の東端と西端に、それぞれ北国街道が存在する）のことを指す。が、時代を経るに従って、様々な呼び方がされるようになり、そのあたりは街道筋の人びともフレキシブルに使っているようである。

富山市郊外の岩瀬で、「この家の裏手は、昔は北国街道に面しており、加賀のお殿様が参観交代《さんきんこうたい》の行列を組んで通っておられました」と説明を受けたときも、北陸道よりも「ほっこくかいどう」という発音のほうが、ロマンがあるように感じられたものだ。岩瀬は明治初頭まで、北前船で栄えた河港のある町だ。問屋だった屋敷の残る町並みに、今はひと気もあまりないが、行くたびにしみじみと安心する、不思議な包容力がある。行くのは三月ごろが多い。ホタルイカのシーズンだからだ。その頃のホタルイカは食べるのもおいしいけれど、海岸近く漂って、暗い海のおもてに満天の星のように輝いているのを見るのも愉《たの》しい。

今年の三月の岩瀬行では、途中の富山駅で地下道に入ったとき、通路の天井近くにツバメがいるのを見かけて思わず足を止めた。こんなに早く南の国から、しかもこの北陸の町へ渡ってきたことに感慨を覚えたのだった。じっと立ち止まってツバメを見上げている私に、清掃のおじさんが、あっちに巣があるんだよ、と教えてくれ、嬉々《きき》としてついていくと、小さな広場のようになった地下街の一角に、果たしてツバメの巣があった。なぜ、と聞くと、すぐそこに地上との連絡階段があるのだという。ツバメは、階段を低く飛びながら地下へ降り、天敵もいなければ雨風からも守られているこのエアポケットのような広場を見つけたのだった。

ここから岩瀬へは、ライトレールに乗っていく。ライトレールは電車ごっこのようなかわいい路面電車で、早朝の気持ちのいい空気のなか、民家の裏口や庭先をのんびりと挨拶《あいさつ》するように進んで行く。目的の駅で降りると、後方に立山連峰が控えている。目当ての店がまだ開いていなかったので、開店までの時間を費やすため、近くの喫茶店に入った。注文したお茶を飲んでいると、カウンターでの店主と地元のお客さんとの会話が聞くともなしに耳に入ってくる。そこへまた、散歩の途中に寄ったという風情の常連さんらしき年配の女性が来店。

――いらっしゃい。こないだは野菜ありがとーお。

――いやいや、貰《もら》ってもらってありがてーのよ。たくさんできすぎて。

――やっぱり旬《しゅん》のものはおいしいなあ。

――この季節はよ、菜花だけでご飯いっぱい食べられるがね。

ご飯いっぱいとおっしゃるからには、御浸しではないだろう。もっと塩気のあるもの……と、私の頭のなかでは、早朝、家の前の畑から菜花をザルいっぱいに摘んで台所へ戻り、ささっと菜花の炒《いた》め物をつくるシーンが浮かんでいる。

――おいしいがねえ。こないだ、○○レストラン、たまにしか行かんがだけど、高いなあと思って。菜花だけの方がおいしいがに、って思ってね。

――やっぱり年いくと、嗜好《しこう》も変わっていくんがっちゃ。

――市中の方に近頃おいしいカレー屋さんってあるがー？

――それそれ。おいしいがだと。息子に、買ってこんねちゅうてお金やったがーちゃ。

道路に並べた幾つもの鉢植えに、早春の陽が差している。天空、陽はゆっくりと昇っていく。私はうっとりと店内の会話に聴き惚《ほ》れている。エアポケットのような空間。

熊野街道の地名

紀伊長島　きいながしま　57

夜の紀勢本線に惹かれる。国鉄という呼び名がふさわしいこの線のJR東海、急行か普通に乗って、ひと気のない木造の駅舎に小さな電灯がぼんやり灯っているのを窓越しに見ると、この光景は戦前のいつかの時代に違いない、と思う。津の駅に停車中、反対側のプラットホームに「伊勢線乗り場」と札がかかっており、そこに待機していた電車の、暗い明かりに鈍く光る行先に「多気《たき》」と書かれてあるのを見つけたときは——多気は、壬申《じんしん》の乱当時のことを調べていた頃、すっかり馴染みになった地名であった。まるで時代そのものが「行先」のようで——ほとんど陶然とした。東紀州は、古代、牟婁《むろ》と呼ばれていた地域で、伊勢、志摩の南に位置する。複雑なリアス式海岸が熊野灘《くまのなだ》の黒潮に洗われ、海のすぐそこまで黒々とした森が迫る。

紀伊長島は、名古屋方面から南下してくるときの、そういう東紀州の始まりの地である。山に囲まれた小さな漁港があって、その前に民宿があり、ご主人は漁師、朝は漁に出て、午後からは料理人になる。

その宿の名物料理にヤドカリの刺身があると聞いたときは、今まで自分のイメージにあったヤドカリを思い浮かべて、クエスチョンマークが浮かんだ。あんな小さなものをどうやって食べるのか。よしんば食べるにしても、刺身、なんて到底不可能に思われた。私にこの宿を紹介してくれた人に疑問を伝えても、話が少し嚙《か》み合わない（後で知ったのだが彼女はずっと、ザリガニとヤドカリを混同していたらしい。ザリガニなら十分食べられるけれど）。いざ実物と出会っても、伊勢海老《えび》のそれより味わい深く繊細な味に感動してヤドカリ自体をしみじみ検分することを忘れてしまっていたが、沖合に籠《かご》を設置して取るらしく、私が馴染んでいた浜辺でちゃかちゃかと歩くヤドカリとは大きさが格段に違った。帰宅してから調べると、ヤドカリを食する文化を持つ地域が日本にいくつかあり、紀伊長島も、その一つらしかった。ご主人の幼い頃、伊勢海老は売り物用で、漁師の家ではヤドカリを食べていたという。

この宿で特に印象的だったのは、もう一つ、朝食の時間が、「厳守」だったことである。翌朝その理由がわかった。客が席に着いたその前で、カンカンに焼かれた灼熱《しゃくねつ》の石が、特別に誂《あつら》えられた味噌《みそ》汁茶碗《しるぢゃわん》の中に放り込まれ、あらかじめ用意されていた汁と椀種が一気に煮上がる、そのタイミングのためだった。これはご主人が少年の頃、真冬に早朝の漁を手伝った後、浜辺の焚《た》き火で焼かれていた石を鍋《なべ》に放り込んで豪快につくられた味噌汁をすすり、そのまま学校へ出かけた、そのときのうまさを再現したかったから、とのことだった。

人生で忘れられない味というものがある。幼い少年が、大人に混じって漁の手伝いをし、クタクタになって寒さに震えながら味わったであろう味噌汁。その一瞬の至福を想像する。

尾鷲　おわせ　58

尾鷲もまた、山と峠に囲まれた町である。この辺りからは奥熊野とも呼ばれ、山間部には熊野古道の伊勢路が通っている（この古い信仰の道は、三十年ほど前、草木や堆積《たいせき》する腐葉土に厚く覆われた石畳を、丹念に発掘、修復した、花尻薫さんや三石学さんたちによって蘇《よみがえ》った）。

冬の沖合、北から流れてくる（泳いでくるのだろうが）サンマは、長距離を移動するうちに脂肪が取れ、スリムにしまっており、尾鷲のあたりではそれの尻尾《しっぽ》をくって干し柿《がき》のように並べ、軒下に吊《つ》るしてカチカチに干し上がらせる。これをカンピタンと呼ぶのだそうだ。吹きすさぶ寒風が目に浮かぶ、耳にすれば必ず何度か口にしたくなる響きだ。

港近くで干物屋に寄った後、走る車の中から「小鳥や」という看板を見つけ、目を疑った。尾鷲は（センスのいい若い人たちが素敵なタウンガイドを発行しているとはいえ）、隣町に行くにも山に阻《はば》まれた、小さな町である。人口も少ないと思われる。そんなに大勢、商売として成り立つほど、小鳥を買いたいと思う人がいるのだろうか。たとえいたとしても、毎日買いに来るわけでは決してないだろう。「小鳥や」は、商店街にあったわけでもない。海の近く、空き地の目立つ場所にぽつんとあったのだ。その浮世離れの感じがうれしく、いざとなったらここで生きていけるかも、と思った。そういえば熊野古道を再生させた三石さんが、「寄り来たるもの、誰でも受け入れてきた土地です」とおっしゃっていた。

八軒屋　はちけんや　59

琵琶湖に流入する河川は数多いが、琵琶湖から流れ出る川はただ一つ、瀬田川で、この瀬田川が、宇治川、淀川と名を変えて大阪湾へ注いでいる。熊野参詣《さんけい》が盛んだった平安中期には、京都の伏見から船でこの川を下り、天満橋《てんまばし》と天神橋の間くらいで上陸、熊野を目指し、陸路を進んだ。

現在、熊野街道の起点はこの上陸地点、「天満橋と天神橋の間くらい」辺り、八軒屋とされている。

が、平安中期、この辺りは渡辺と呼ばれていた（渡るために利用する辺、という意味だろう）。それよりもっと以前、古代、難波宮《なにわのみや》があった頃には、大阪湾に面して三角州になっており、淀川は分岐していくつもの港（津）があった。それを総称して難波津といっていたのだった。仁徳天皇の即位を言祝《ことほ》いで捧《ささ》げられた歌に、「難波津に咲くやこの花　冬ごもり　今は春べと　咲くやこの花」という、有名な歌があり、どのくらい有名だったかというと、全国で出土する平安時代の木簡に、手習い用の歌として、頻繁にこの歌が記されているほどだそうである。今も百人一首の競技かるたでは、最初に朗唱される歌である（百人一首そのものには入っていない）。

子どもの頃百人一首に、今でいう「はまって」いたことがあったので、難波津という名前には懐《なつ》かしい響きがある。けれどそれが八軒屋と関わってくるとは思わなかった。難波津というのは、大阪のどこかにあったのには違いないのだろうが、遥か時空の彼方《かなた》のことのような気がしていて、現実の大阪と結びつけて考えたことがなかった（浪速《なにわ》区と此花《このはな》区が、この和歌から取られた名称だというのも今回調べて初めて知ったのだった）。

八軒屋というのは近世に入ってからの呼び名で、八軒の宿屋があったからともいわれているがよくわからない。『東海道中膝栗毛《ひざくりげ》』でも、伊勢参りを果たした後の二人組、弥次さん喜多さんが京都方面から船でやってきて、「八軒家に上陸した」というくだりがある。文章からすでに、いかにも大坂らしい賑わいが伝わってくる。八軒屋浜、という言い方がよくされるのは、ここが実際浜辺であったからである。現在では想像がつかないくらい広い浜辺だったのだ。

一八七七（明治十）年には京都大阪間を鉄道が開通し、水運が衰退し、昭和に入ってからの都市計画事業で八軒屋の浜も、地名も消滅してしまった。今は激しく車の行き交う道路の傍らに、「八軒家浜」の碑だけが残っている。

布施屋　ほしや　60

そもそも布施屋《ふせや》とは、旅人を救護するための施設だった。奈良時代、庶民は税を納めるため、労役や兵役に就くため、長い旅をして都を目指した。その間の食料も含めかかる費用は自費で賄《まかな》わなければならず、行き倒れるものも多かったのだ。和歌山市に残る、布施屋という地名は、ほしやと読む。言い習わされている間にそう変わってきたのだろう。これもまた旅人の一時休憩所であった。ただし、都を目指す旅人ではなく、熊野参詣の途中、紀ノ川を渡らなければならない旅人のため、その渡し場の近くに設けられた、無料休憩所であったらしい。

旅をする人のために無料の接待をする、という伝統は、四国巡礼の遍路旅でもよく聞くが、熊野街道沿いの古い民家にも記録が残っている。そして今のように宿泊施設が十分でなかった時代、地方の街道沿いの家などでは旅人を泊めるということがよくあったようだ。

先日、たまたま南九州の沿岸部の風土病ともいえる血液の病が、四国の南端、紀伊半島の南端、東北地方の太平洋沿岸部の漁村にも見られると知る機会があった。もともと人々が黒潮に乗って各地へ移動する前には東アジア全般に見られた病であったろうものが、今はどんどんその遺伝子が劣勢になってきて、辺境で細々と生きる絶滅危惧種のような状況になっているのでは、という説があることもわかった。それを知ったとき思ったのは、この何千年かの間に、ほとんど移動というものをせずにその土地に定着し続けた一族もあったのだ、ということ。そういうことができる人びとがいる。ほとんど畏敬《いけい》の念に打たれる事実だ（根がウロウロとして落ち着きがないものだから）。

逆にいえば、そういう人びとにとって、旅人とは、マレビト信仰、と名づけるまでもなく、僥倖《ぎょうこう》そのもののような存在だったのだろう。招き入れて、旅の話を、生涯に一度も行ったことがなく、これから行くこともないだろう土地の物語を聞く、ということは、たぶん私の想像を超える出来事だったのだろう。

旅に倒れた人を助ける、ということは、自分のなかの魂の生命力のようなものに水をやるような、切実なものだったのではないだろうか。

東海道の地名

大津　おおつ　61

岡本かの子の『東海道五十三次』を初めて読んだとき、そのリアルさに、自分のなかでは当然のように随筆かコラムか、いずれにしろ現実に「ある」話と自動的に脳内設定されたのだが、さすがにすぐに無理がきて（語り手の生活がかの子夫婦のそれとは若干違っていた）、これは小説なのだと渋々認めざるをえなくなった。が、細部のリアリティと、何より、街道にかける偏狭《へんきょう》な情熱の迫真性から、私は岡本かの子は実際にこういう人びとを知っていたに違いない、と確信したし、今でもそう思っている。何がそうもリアルだったかというと、語り手の夫がいう、「この東海道には東海道人種とでも名付くべき」人びとがいるというくだり、そしてその東海道人種の典型として出てくる作楽井《さくらい》さんの生き方である。作楽井さんは語る。

「この東海道といふものは山や川や海がうまく配置され、それに宿々がいゝ工合《ぐあい》な距離に在つて、景色からいつても旅の面白味からいつても滅多に無い道筋だと思ふのですが、しかしそれより自分は五十三次が出來た慶長頃から、つまり二百七十年ばかりの間に幾百萬人の通つた人間が、旅といふもので嘗《な》める寂しみや幾らかの氣散じや、さういつたものが街道の土にも松並木にも宿々の家にも浸《し》み込んでゐるものがある。その味が自分たちのやうな、情味に脆《もろ》い性質の人間を痺《しび》らせるのだらうと思ひますよ」

そこまでは、ふんふんと聞いていられる「東海道評」なのだが、話は次第に身の上話になっていく。

彼はきちんと家庭も持ち、堅実な仕事にも付いていたが、あるとき東海道に足を踏み入れてから、「病みつき」になった。朝、ここの宿を発《た》ち、夕方には何処何処《どこどこ》の宿に着く、「その間の孤獨《こどく》で動いて行く氣持」、「行き着く先の宿は自分の目的の唯一《ゆいいつ》のものに思はれる」。

そうなのだ、その、なんというのか、日常においては猥雑《わいざつ》な生活が、「旅にしあれば」清潔に単純化される、それは、まるで麻薬のような快感なのである。作楽井さんがすっかり自分の旅仲間になったような気がしてくる。まず、東海道人、という括《くく》りが面白い。日本人、英国人ということばを、単純にその人間の生活圏を表すものとしたら、東海道人とは、ほとんど東海道の内部で閉じている生活を送る人びとなのである。作楽井さんは器用な人で、表具や建具、左官、おまけに書画もよくしたので、宿場ごとに重宝されて生計が立つようになった。そういう人間は作楽井さんだけではない。東海道は、何度通っても、風物に新鮮を感じ、また新たな感慨を呼ぶ、魔境のような街道だと彼らは述懐する。しかも、「京へ上る」という目的意識が「今もつて旅人に働き、泊り重ねて大津へ着くまで」は、常に高揚した気分にあり、それがたまらないのだと。しかし、問題は大津に着いた瞬間である。明日は京都、という段になって、彼らは目的を達成することへの怖《おそ》れ、または、実は目的がなかったことがはっきりとすることへの怖れから、京都には向かわず、大津からしおしおと汽車に乗って品川まで戻り、「そこから道中双六《すごろく》のやうに一足一足、上りに向つて足を踏み出すのである。何の爲《た》めに？　目的を持つ爲めに」。

大津は、上りへの憧憬《しょうけい》の力が一番弱まっている土地だというのだ。「東海道人」たちには、目的へ向かう、そのプロセスこそが真の目的なのだろう。この作品の語り手がいうように、東海道筋は、どんなに寂れた宿場でも、陰に賑やかさが潜んでいる空気がある。現代でもそうだ。ひとは孤独を好みつつ群れから離れられないものだから、大勢のひとが行き来した風情《ふぜい》に本能的に惹《ひ》かれるのだろう。目の前にいる大衆には辟易《へきえき》しても、時の風化を経て、抽象になった有象無象ならこのましくなるのだろう。あまたある街道のなかでも、そこを通った人生の多さでは、東海道はやはり群を抜いている。

昔、大津に住んでいた頃、日常的に（車で）逢坂関《おうさかのせき》を行き来していたが、京都から大津へ出るたび、一種の寂しみと、くねくねとした山峡《やまかい》の峠を抜けて広々とした視野を得る開放感を同時に感じたものだった。京都文化圏のなかにありながら、明らかに京都の磁場から抜けている土地だった。東海道人たちが、大津から踵《きびす》を返して品川に戻ったというのは、そういう類の感受性の強い人びとに、京都に嵌《はま》ったら命取り、という、己を知っているが故《ゆえ》の本能的な恐怖もあったからではないかと推測する。壺《つぼ》の底にひろがるような、人工的な雅《みやび》の世界に落ち込んだらなかなか抜け出せない。彼らのような趣味人ならなおのこと。何よりも何よりも、旅の空の下にいたいのだ。

石場（大津宿）　いしば（おおつじゅく）　62

大津市にあるびわ湖ホールの、湖側の広々とした芝生の庭に、ぽつんと常夜燈が立っている。琵琶湖ホテルやなぎさ公園などと並び、人びとで賑わう辺りだが、もともとは湖、埋立地なのであった。本来の湖岸線は今より四百メートルほど内陸に退き、そこに石場港と呼ばれる港があった。石場という地名は、昔その辺りに石工《いしく》が多く住んでいたことからついたらしい。切り出した石があちこちに積んであったのだという。

今、冬の湖岸には、昔、在原業平《ありわらのなりひら》の時代、都鳥と呼ばれたユリカモメが見られる。大多数は琵琶湖をねぐらにして、日中を京都の鴨川《かもがわ》で過ごす。その橋の上から時折餌《えさ》をやるひとがいて、見ていると怖いほど群がり、ヒッチコックの映画を思い出す。

ユリカモメは英名をBlack-headed Gullという。以前、琵琶湖の北のほうで渡り遅れて猛スピードで飛んでいる黒い頭のユリカモメを見、この英名を思い出した。ヨーロッパでは夏場、日常的に黒頭で出歩いているが、日本では冬鳥、夏はカムチャツカのほうへ渡ってしまうので、黒頭姿はあまり知られていない。渡り遅れた個体だけが、まるで十二時を過ぎたシンデレラのように、帰宅を急ぐ道中見る見る姿を変えてしまうのだった。

鳥のように、ひょいとそこまで越えてしまいたい。対岸の草津を眺めながら、そう思った古代人も多かったのだろう。大津宿から草津宿へ行くには、瀬田川を渡らなければならない。瀬田川は唯一、琵琶湖から流出していく川である。これがやがて宇治川になり淀川になり、海に注ぐということは、前出の項で書いた。瀬田川を渡らなければ、東海道も中山道も立ち往生になる。琵琶湖の東側には行けない。そこで出来た瀬田の唐橋は、ずいぶん古くから交通の要所だったようで、初めて文献にその名が出てくるのが『日本書紀』、壬申の乱での話である。そしてほとんど時を同じくして、この道のショートカットも出現した。わざわざ唐橋まで行かなくても、その手前の石場で船に乗り、すぼまっている琵琶湖を渡ってしまおうと考えた人がいたのである。渡った先は、草津の矢橋《やばせ》港である（今は見る影もない）。この矢橋の名前が最初に出てくるのが『万葉集』であるから、本当にずいぶんと古い。

今から四十年ほど前、カヌー、カヤックが今ほど一般的ではなかった時代、この辺りに住んでおられた神吉柳太氏は、この小さな乗り物に魅せられ、対岸の勤務先にカヤックで通勤した。もちろん、毎日ではなかったに違いないが、ちょっと渡れるかも、と思うくらいの距離なのだ。当時、ワイシャツにネクタイ姿の彼がパドルを漕《こ》いでいる姿が写真に残っている。その後、琵琶湖カヌーセンターを立ち上げられた。
近道を求める気持ちは古代から変わらない。

矢橋（草津宿）　やばせ（くさつじゅく）　63

東海道を京へ上る旅人を、瀬田の唐橋のほうでなく矢橋港のほうへ導く、いわば「近道への誘い」の道標は、歌川広重・東海道五十三次の、草津名物・姥《うば》が餅《もち》を描いた絵にも現れる。当時姥が餅屋は、東海道から枝道のように出現する脇《わき》往還、矢橋街道との追分、分岐点にあった。つまり道標の隣に位置していたのだ。しかしその矢橋街道、距離にしてわずかに三キロ。「勢多（瀬田）へ回れば三里の回り、ござれ矢橋の舟に乗ろ」と俗謡に歌われたが、琵琶湖の船旅は比叡おろしや比良おろしで突風が吹きがち、予測がつかず危険なこともあったのだろう、連歌師の宗長《そうちょう》は「もののふの矢橋の船は早くとも　急がば廻れ　瀬田の長橋」と詠《よ》んだ。この連歌から、「急がば回れ」ということわざができたらしい。「勢多へ廻ろか矢橋へ下ろか　ここが思案の姥が餅」という歌は、与謝蕪村が詠んだという話も伝わっているが、疑っている。
草津は東海道と中山道の分岐点であり、合流点でもあったから、当時は他に倍する規模の宿場町であった。矢橋の港は隆盛を極めた。前出の歌川広重の錦絵《にしきえ》・近江八景には、「矢橋帰帆」として、白い帆を満々と張った帆船が幾艘《いくそう》も往来している風景が描かれている。旅人は湖の風を心地よく感じ、つかの間の船旅に足も心も休めたことだろう。何より、広がる空間の爽快《そうかい》感。楽をして、着いたらそこは次の宿場、という昂揚《こうよう》感。

今は訪れるものもほとんどなく、目と鼻の先に人工島が出来て、そんな時代があったことすら信じられない。けれど空は高く、鳥は飛び、比叡山は変わらずにそこにある。土地の記憶には、残っているに違いない。

頓宮（土山宿）　とんぐう（つちやまじゅく）　64

土山宿は江戸から四十九番目の宿場町で、現在の滋賀県甲賀市土山町に当たる。そこに頓宮という地名がある。頓宮とはそもそも仮宮の意。八八六（仁和二）年、鈴鹿峠を越えて伊勢へ向かう斎宮のための頓宮がこの地に設けられたことが地名の由来である。伊勢斎宮という制度自体が南北朝期には終息してしまったので、ここが代々の斎宮の頓宮として使われたのは四百五十年ほど、地名だけはその後七百年近く長らえたことになる。当時斎宮に決定された未婚の内親王のなかには、まだ幼さの残る少女たちも多くいたことだろう。ここまでは近江《おうみ》、いよいよ鈴鹿越えすれば伊勢国。慣れ親しんだ俗世の都とはさらに遠くなる。心細さはいかばかりであっただろう。

先日、近くに所用があった折、土山宿を訪ねた。今の東海道である国道1号線の車の往来の激しさに比べ、（ほぼ）並行する旧東海道には、ほとんど人影もなかった。歩いていると、前方を猫がゆったりと横切った。静かな町並みには昔の雰囲気が保たれ、古くからの屋号を記した家々も多い。時の流れ方が違う。異世界に迷い込んだようだ、と思いながら歩を進めると、歴史のある商家（街道をゆく旅人に向けてのディスプレイ用の構えをしているのでそれとわかる）の建物が目に入ってきた。呼び込む人はいないが、催し物のチラシのようなものも貼《は》ってあるし、なんとなく入ってもいいような気がして、恐る恐る戸を開けると、L字型に切った三和土《たたき》の向こうの座敷には、幾つもの雛壇《ひなだん》が華やかに飾られている。しかもぽかぽかと暖かい。雛人形の写真を撮っている女性がひとりいるだけだが、その方の風情で、私もそこへ入ってもいいような気が、ますますしてきて、お邪魔します、と声をかけつつ、玄関先にかけてあった説明板を読み込む。この家は、本来屋号を扇屋といい、櫛《くし》や扇を商う商家であった。築数百年は経《た》つ建物で、土山町北東区自治会が譲り受け、扇屋伝承文化館として地域文化の発信や旧東海道散策者の憩《いこ》いの場として提供しているとのこと。

そうこうしているうち、三和土の端の硝子《ガラス》戸が開き、奥でエプロンや割烹着《かっぽうぎ》を着た女性の方々が、何やら楽しげに作業している様子が垣間見《かいまみ》える。三和土の別の端から軽やかな足取りでそこへ入っていこうとする女性が、通り過ぎざま、これ、なんや思います？　と手にした「これ」を私に見せる。小さめのフライパンに網が張ってあるような形のもの。うーん、炭熾《すみおこ》し？　おお、それが、違うんですよ。なんと呼ぶんか、雛あられを煎《い》る……。ああ、なんと呼ぶのか……焙烙《ほうろく》でもなし。そう、焙烙もちゃうし……。こちらの自己紹介も何もなしで（とうとう最後まで）ただの通りすがりの「旅人」として、「自然に」遇される心地よさ。そのうち、戸の向こうからこちらに気づいて、こっち、入ってみられます？　私たち、今度、初めて雛祭りのイベントしようって、桜餅と苺《いちご》大福の試作をしてるんですけど……と、声をかけてもらい、中へ入ると、なんともいえない清潔感。プロの厨房《ちゅうぼう》の真剣な衛生管理の冷たさではないけれど掃き清められた土間や用具の、初々《ういうい》しい清潔。出来上がってトレイに並べられた大福の形の、均一でない素朴な温かさ。素敵ですねえ、と感嘆していたら、これ、今日は私たちで持って帰るんですけど、よかったらちょっと食べてみはりますか？　え？　と恐縮していると、そや、おこた出そう、と、あっという間にお座敷の雛壇の前に小さな炬燵《こたつ》が設《しつら》えられて、お茶と出来立ての大福、桜餅をいただくことになった。土山はまた茶の産地で、お茶は美味《おい》しいし、出された苺大福も桜餅も、出来上がったものなかから選りすぐりを出してくださったのは（全部拝見した後だったので）一《いち》目瞭然《もくりょうぜん》。ついさっきまで肩をすぼめて歩いていた冬ざむの旧街道を硝子越しに眺めながら、十分前には思いもしなかったホスピタリティに浸っていた。昔話の雀《すずめ》のお宿に巡り合ったような幸福。みなさん、地元の方々なんですか、と先ほどお菓子の説明をしてくださった方（Tさん）に訊《き》けば、自治会有志のご婦人の集まりで、個人の家に眠っているお雛様を集めて展示して、女の子の雛祭りをしようと企画しているところだったのだそうだ。なんと幸運なこと。この辺りも過疎《かそ》化が進んでいて、でも、こうやって土山町らしく文化と元気を発信していきたい、とTさん。

働き者の官女たちのように、おおらかで柔らかく、優しい気質の女性たち。目的の地に着いても厳しい潔斎の日々が待ち受けている、旅の途中の姫君たちも、きっとこの地で慰められ、難所の峠を越える勇気をもらっただろう。そうであったらいい。

生野（土山宿）いくの（つちやまじゅく）　65

前回記した、土山宿の扇屋のあった辺りは、昔、生野といったらしい。それを知ったとき、すぐに思い出したのは「大江山　いく野の道の遠ければ　まだふみ（踏み、文）もみず　天橋立」。歌人として有名な和泉式部の娘、小式部内侍《ないし》が、歌が上手《うま》いのは母親に代作してもらうからだろう、という趣旨のからかいを受け、それに憤慨して自らの実力を証明して見せた歌。当時母の和泉式部は夫の赴任地である（天橋立のある）丹後に居た。「いく野」には生野という地名と、その途中にある大江山を「行く野」がかけてあり、さらに「幾（つもの）野」のようにも聞こえ、京から丹後への行程が一瞬にして俯瞰《ふかん》できるようで、同時に若い娘さんの溌剌《はつらつ》とした気概のようなものも感じられ、昔から好きな歌だった。それで、生野、と聞けばすぐに（生野という地名は他にもいくつかあり、違うとわかっていても）その歌が浮かぶようになってしまったのだった。それは自分だけの事情のように思っていたが、浅井了意が一六六〇年前後に発表した旅文学、『東海道名所記』の主人公の楽阿弥《らくあみ》も、当時土産物屋の立ち並ぶ、この土山宿の生野を通りがかり、同じような感慨に打たれたらしく、「近江

なる　いく野の村の茶屋見れば　まだ売りもせぬ　飴《あめ》のねりたて」とパロディの歌を詠んでいる。現地でこれを読んだときはもう、大笑い。三百五十年以上も前の歌を、詠まれたと同じ場所で、まるでリアルタイムで聞かされたように笑えることも、長い時の流れをものともしない、人と人との間の「確かな何か」に触れたようでうれしかったのだった。高校時代の厳しかった古文の授業で、後ろからそっとこの歌をメモ書きされて渡されたら、どんなことになっていただろう。

さて、楽阿弥がこの土山宿の茶屋で見た「飴のねりたて」は、名物の蟹《かに》が坂《さか》飴である。蟹が坂は生野からだんだんに上り坂になる鈴鹿峠の取っ付きに当たる（反対側から京へ上るときは鈴鹿峠を越え、坂を下りて来る途中に蟹が坂の集落がある）。

伝承では、昔、この辺りに身の丈三メートルほどもある大きな蟹の化け物が出て、旅人を襲うことがしばしばあった。比叡山から恵心僧都《えしんそうず》源信が退治のため赴き、『往生要集』のなかの経文を唱えると、甲羅が八つに割れて大蟹は息絶えた。村人はその甲羅に似せた飴を作るようになった、ということである（諸説あるが、基本の筋はこういう流れである）。

当時は今よりも山奥であっただろうし、猿の化け物ならわかるが何故《なぜ》蟹なのだろう。物語に独自性を持たせようと、化け物としてありふれた猿ではないものをいろいろ考え、猿蟹合戦からの連想で、蟹にしたのだろうか。さらに普通の蟹では強そうでないので、三メートルほどの大蟹、としたのだろうか。それとも大蟹は、ほかの何かの隠喩《いんゆ》なのだろうか。鈴鹿峠は、山賊の名所（？）でもあった。

さて生野に戻って、そこから京都方面に歩くと、途中で国道1号線（現代の東海道）を横切ることになる。そしてまたひと気のない旧道が続くのだが、最初のほうこそ、ここがそうだとわかるような表示もあったものの、次第に民家も途絶え気味になり、寂しい野原に藪《やぶ》の目立つ地元の道となり、祠《ほこら》のようなものすら出てきていよいよ心細くなり、下り坂になったと思えば、突然そこで川に突き当たってしまった。もし私が正しい旧道を歩いていたのだとしたら、そこは「松尾の渡し」であるはずだった。しかしそれらしい説明板もない。

松尾の渡しは、旅人が野洲《やす》川を渡るためのものである。長い川が途中から名称を変えるのはよくあることで（信濃《しなの》川と千曲《ちくま》川、桂《かつら》川と保津川、等々）、むしろ源流から河口まで同じ名前で統一されていたら、どのあたりを流れる川かよくわからなくなる。野洲川はこの辺りで松尾川となっており、これが松尾の渡しなら、冬場には仮橋がかかり、夏には人足が旅人を肩車などして向こう岸に渡していたことになる。しかし目の前を流れる川は、本来川が流れていただろう河原に植物が生い茂り、実際の川幅は狭く、とてもそんな大仰な「渡し」が必要だったとは想像できない。時の流れは明らかに川の水量を減らし、往来を減らした。けれどまだ、ここがほんとうに正しく昔の街道であるのかどうか、いまひとつ確信が持てない。

しかしその疑問は帰り道、氷解した。

行きには急ぎ足で横目でチラリと見ただけだった祠を、近くに寄ってよくよく見れば、それは馬頭観音だったのだ。祠の中には馬の頭を持った仏像が鎮座していた。馬頭観音は苛酷《かこく》な荷役に行倒れた馬を哀れんで、街道筋によく祀られる観音だった。

知立（池鯉鮒宿）　ちりゅう（ちりゅうじゅく）　66

先日久しぶりに東京から琵琶湖へ車で移動した。

旅に車を利用することはよくあるくせに、新しい自動車道が出来ることには大変抵抗があり、新東名が出来てからも、心中苦い思いが先に立ち、ずっと使う気になれなかった。もともと利用するのは大抵中央道だったこともあるが、何かのときに太平洋岸を通るのに利用するときも、意固地に東名を使い続けていた。この二つだって、着工に当たって身を切られるような思いをした人びとがいたわけだが、もの心ついたときからすでにあったのでずるずるとここまで来てしまった。が、新東名は違う。個人としてもっと強く反対できたはずなのに、と後ろめたい思いもあった。それがこの春、ふとしたことからとうとう新東名を利用したのだった。

開き直るようだが人間とはそういうものだ。今目の前にある世界に適応しつつ生きていこうとする。だからこそ、忙しさにとりまぎれて、「もっと強く反対できたはずなのになあ」と悔やむ前にやれることがあれば今からでも、と思いを新たにもする。

二〇一七年四月二十九日のニュースによると、「共謀罪」法案をめぐっての論戦のなかで、金田勝年法相は「ビールや弁当を持っていれば花見であるが、地図や双眼鏡、メモ帳などを持っているという外形的事情があれば犯行現場の下見」と（「共謀罪」の成立に必要な）準備行為の判断基準について述べていたらしい。え？　と絶句した。地図や双眼鏡、メモ帳などは――タイトルにもある通り――私の旅の必須《ひっす》アイテムである。こんなことでいちいち検挙されては、日常生活さえおぼつかなくなる。ほんとうに、冗談のようなことが冗談ではなく、現実に懸念《けねん》されることになったのだ――半信半疑、あれよあれよという間の出来事である……。

新東名は豊田東ジャンクションで伊勢湾岸自動車道に入った。入ってすぐ、ナビの画面上の地図で、自分が今、知立市の近くにいることを知り、最寄《もよ》りのインターチェンジで降りて、知立神社を目指した。最初から予定にあったわけではないが、知立という地名につい、反応したのだった。

ここは古くを池鯉鮒宿といい、当然池鯉鮒のほうが先にあって、今の知立市の知立は、書きやすく読みやすい名前に変えた結果なのだろうと漠然と思っていた。それが、少し調べてみると、池鯉鮒の名の現れるずっと以前にすでに知立の文字は文献に出ており、さらに、その名が知立神社に因《ちな》んでいることがわかったのだった。知立神を祀《まつ》る知立神社の創建は古く、景行《けいこう》天皇もしくは仲哀《ちゅうあい》天皇の御代《みよ》といわれ、いずれも年代は不確かだ。『六国史』では、八五一年、八六四年、八七六年には知立神、八七〇年には智立神という名で記録されていることから、漢字の意味よりも、まず、太古に「chi-ryuu」という力強い「音」が先にあったのではないかと思う。ちなみに知立市の知立を発音するとき、地元の人々はchiよりryuuを強く（chi-RYUU）と発音する。

以前、別のところで、この「子音プラスyuu」のつく地名について述べたことがあった。宮崎の新田原《にゅうたばる》について書いたときのことだ（P88）。新田原もまた古い地名で、西都原《さいとばる》と並んで古墳が多く、狭い地域にその数二百七基というただならなさで、この辺りが邪馬台国《やまたいこく》の有力な候補というのもなるほどと思わせるのだが、この新田原のある宮崎県にはまた、子音にyuuと続ける土地名が多い。延岡市には別府と書いてびゅう（byuu）と読ませる町があり、日向はひむかではなくひゅうが（hyuu-ga）だ。古代の日本では、ベトナムの人びとのように、小鳥がさえずるような優しい発声で日常が営まれていたのかもしれない。そしてまた、私が知らないだけで、宮崎だけではなく、あちこちに「古代のyuu発音」（まったくの私見だが）は地名として残っているのかもしれない。その一つが知立ではないかと思うのだ。しかも、地名より先に、神の名として残っている、私には以前から気になる場所であった。

さて、知立神社は国道1号線沿い、つまり昔の東海道沿いにあった。知立が池鯉鮒宿と当て字されたのは江戸時代で、当時らしい洒落《しゃれ》た命名だ。ここは池や沼に、川魚が多く捕れた土地だったに違いない。だが、鯉《こい》・鮒《ふな》では、yuu発音は文字に合わせて解体され気味だ。きっと、こういうことは専門家の間ではすでに論議がなされていることなのだろうけれど、文字がまだなかった頃、巷《ちまた》に溢《あふ》れていただろうyuu発音を、新しく得た文字というツールに合わせて「ふ」と表記すると決めた古代に、そもそも因の生じる無理があったのではないか。そのときも、もっと強く反対すればよかった、と思った人びとがいたのかしら。

日光街道の地名

箱根ヶ崎　はこねがさき　67

圏央道を経由して車で入った飯能市からの帰途、16号線を南下しつつ青梅街道に入ったときのことだ。狭山《さやま》丘陵には何度か行ったことがあったし、奥多摩方面も馴染《なじ》みがあったが、いつも新青梅街道を使っており、その辺りは今回初めてでまったくの不案内、交差点の信号の下に「旧日光街道」という表示板があったのを見つけたときは、え？　と驚いた。それまで日光街道とは、日本橋から日光坊中まで、途中宇都宮を経由しながらほぼまっすぐ北を指し、文字どおり日光に至る街道のことだと信じ込んでいた。こんな離れたところが日光街道？　さらにそこに「旧」の字がついていることも混乱に拍車をかけた。物流が増大して従来の道幅ではまかなえなくなった、距離が短縮できる、などの理由で街道に新道が出来たにしても、大抵の場合、新道は旧道にほぼ沿っているはずであった。少なくとも起点の日本橋を、動かすことはできないのではないか、それとも何かすごい抜け道があって、ここから日本橋に通じている？いや、そんなことはありえない……。これは何かの間違いなのではないか、けれど、あんなに正々堂々と表示板に掲げてあるのだから、間違いであったらすぐに指摘されているだろう。何か理由があるに違いない、それは何だろう……。この時点でもうそわそわ落ち着かない。

世の中は私などの知らない様々な「経緯《いきさつ》」で満ちている。これは物心ついて最初に抱いた感慨である。それに気づいたとき、幼い私は一瞬目眩《めまい》を覚えた。これから先の人生が、膨大な未知の「経緯」や「暗黙のルール」等の、自分には隠された答えを持つ謎解《なぞと》きの旅になることを予感したのだった。それがある程度できた時点でようやく大人になれるのだろう、と。けれどそれが大変な道のりであることは、幼児にも察せられた。

以来、目の前を横切る「謎」に直面し続けてきたわけだが、いつになったら「ある程度」が来るのだろう。道端の雑草の名も、木々の名も、そこに止まる鳥の名も、出会うたびできるだけ調べて学んではきたものの、これで「ある程度」はわかった、という気には到底なれない。植物も鳥も、図鑑に載っている姿のままいるわけではないのだ。鳥はそもそも雌雄で違うし、換羽期だとまったく別の鳥のように見えるときもある。幼鳥期、若鳥期、成鳥期、そして老いたときもまた、それぞれ姿が変わる。植物も然《しか》りだ。結局謎のまま置いてこなければならなかったものも数え切れない。さらに、地名。

「旧日光街道」に疑問を覚えつつも、運転している辺りが瑞穂《みずほ》町、箱根ヶ崎だということはナビの画面の地図で確認した。何か力のある名前だな、と直感し、帰宅してまずそれから調べ、昔の宿場町だということを知る。同時に箱根ヶ崎宿は、青梅街道と千人同心《せんにんどうしん》街道の重なる地点にあった、比較的大きな宿場であったことも。千人同心？　これは近藤勇関係の本を読んでいたときに出会った謎で、そのとき調べた覚えがある。確か江戸期、八王子周辺で国境の警護を任ぜられた、普段は農耕に従事する郷士たちのことであったはず。そして今回新たに調べたところによると千人同心街道とは、彼らが日光勤番となったときに往来する街道であった。地元の人びとは、この道を日光街道と呼んでいるらしい。ということは、あの表示板は、まったくローカルなものだったのだ。ウェールズで、地名がウェールズ語表記されているのと同じだったのだ。し考えてみれば熊野街道だって、熊野へ至るための道をすべてそういうのだった。

かし、ゴールがその街道の名前になるのであれば、例えば東海道、中山道、（いわゆる）日光街道、奥州《おうしゅう》街道、甲州街道、すべてが日本橋街道と呼ばれても間違いではないのではなかろうかと思うが、そう思うのは私が東京出身者ではないからで、日本橋は（江戸者《もの》側にとって）あくまで起点であるのだった。

それにしても、箱根ヶ崎、とは、いったいどういう意味だろう。

箱根という地名には東海道に有名なものがあるので、そこから地名由来を調べてみた。この地名自体は『万葉集』にも出てくる古い名称らしい。根というのは峰のことをいうらしく、つまり山、箱のような形の山ということだそうだが、あの地方の山が取り立てて箱のようだとは思えない。たいていの山はそんなものではないだろうか。それに根が麓《ふもと》ではなく峰だというのも、にわかには信じられない。ただ、大好きな狭山丘陵が低く隆起した様を、箱のようだと人びとが愛《め》でていたのなら楽しい気がする。

そして確かに、箱根ヶ崎は、狭山丘陵の南西の外れ、先（崎）っぽにある。

しかしこんな中途半端《はんぱ》な「謎解き」では、大人への道は遠ざかるばかりではないかと心もとない。

雀宮 すずめのみや 68

もう十年近く前のことになろうか。鬼怒《きぬ》川沿いに一般道を北上し、鬼怒川温泉に宿泊して日光の戦場ヶ原へ行こうとしたことがあった。

鬼怒川は、『続日本紀《しょくにほんぎ》』の神護景雲《じんごけいうん》二年（七六八年）、八月十九日の項に、「毛野川《けぬ》」と記されている。毛は植物が生い茂る様を表し、そういう沃野《よくや》を貫いて奔《ほとばし》る川であったのだろう。

律令《りつりょう》制以前、栃木県地方は下毛野《しもつけの》と呼ばれ、西側の群馬県、上毛野《こうずけの》と合わせて毛野《けの》と称されていた。今は「毛」の字は外れているが、読みには残っており、栃木、群馬にかけて走るJR線は、両毛線と呼ばれている。

「毛野」川はその後、「衣」「絹」などを経て、鬼怒川に落ち着いた。この川は太古の昔から凄《すさ》まじい暴れ川で、幾多の人命を呑《の》み込み、家屋や田畑を押し流した。鬼怒の字が人びとの心にしっくりと入ったのだろう。衣や絹などでは到底表せない凄まじさは、二〇一五年九月に起きた大氾濫《だいはんらん》のテレビ映像で、流域住民でなくとも、知るところのものになった。

雀宮という地名を見たのは、東京から（車で）国道4号線、日光街道を走ってきて、もうすぐ宇都宮、という頃だった。鳥の名のついた地名は、妙に心に引っかかる。

その後、帰宅してから調べると、そこは日本橋から十六番目の宿場、雀宮宿だった。ちょうど二十五里だそうだ。地名は近くの雀宮神社にちなんでつけられていた。その神社名の由来にも諸説があることを知ったが、一番納得がいく気がしたのは、度重なる川の氾濫を鎮《しず》めるため、水神を祀ったことが起源、という説である。川は氾濫のたび川筋を変えたそうで、昔はもっと西にあったとか。それなら、今の雀宮神社が、建《こん》立《りゅう》当時、川に面して建てられていたとしてもおかしくない。鎮めの宮。人知を超えた巨大な力に、相対《あいたい》してきた人の営み、人の祈りが胸を打つ。

五十里　いかり　69

鬼怒川温泉は両岸の近くに山肌が迫る、いかにも峡谷として開かれていったことがわかる地形にあった。だがそれにしても巨大な岩がゴロゴロとして、何かとんでもないエネルギーが炸裂《さくれつ》した跡のような、不穏な気配があった。泊まったのは川沿いの小さなホテルで、なぜここにしたかというと、「ペット可」であったからだ。その頃は犬連れで旅をすることが多かった。たいていの「ペット可」のホテルの、「ペット可」の部屋は、本館から離れていたりするものだが、ここは最上階で北と西、東、三方に窓があり、山がすぐそこに見えた。ときは緑滴《したた》る五月、ホトトギスのこだまする声が瀬音とともに室内に満ちて、その当時腫瘍《しゅよう》を抱え辛《つら》い日々が続いていた犬も、子犬に返ったように目を輝かせていた。旅好きの犬だった。

その北の先にカヤックができる湖があるというので、翌朝早く、戦場ヶ原へ行くのを先延ばしして北へ向かってみた。そこまでの道のりもまた、山また山で、こういう地形の村に生まれついて、容易に旅することもままならず、一生を送った昔の人びとのことを思ったりした。道は、会津西街道の一部で、場所によっては日光街道とも呼び慣わされている。川治温泉からダムを経て、その湖はあった。ダム湖ではあったが、昔、自然湖であったという。海尻《うみじり》橋という橋は、その湖を海と見立てていたのだろう。だがその自然湖の成り立ちを知り、慄然《りつぜん》とした。

天和三年九月一日（一六八三年十月二十日）、この日光から南会津にかけて、マグニチュード七・〇という大地震が襲った。この地震が元で、峡谷沿いの山が崩れ、その土砂が男鹿《おじか》川という街道沿いを流れていた川をせき止め、九十日間で川沿いにあった五十里村を呑み込み、巨大な湖ができた。これが最初の五十里湖である。全体が水没するまで時間があったので、村人たちは山腹を切り開いたり、上流の平坦地《へいたんち》へ移り住むなどし、生活を軌道に乗せようとした。断絶した街道を繋《つな》ぐため、湖上を人や荷物を運搬する船頭の役も担《にな》った。が、川の水はどんどん貯《た》まる一方で、会津藩は水抜き工事を命じたが、工事途中で巨大な岩盤が現れ、中止せざるをえなかった。四十年後、ついにこの自然湖は決壊し、川下の村々を呑み込んで甚大《じんだい》な被害を与えた。水勢は凄まじく、鬼怒川の両岸にあったただならなさは、このときの爪痕《つめあと》だという。

ときの工事奉行、高木六左衛門はこの湖を見下ろす山で切腹し、今でもその祠が残っているそうだ。

会津西街道はこのように、整備や維持に莫大《ばくだい》な費用がかかったが、代々の藩主に大事にされた。江戸への道すがら、日光へ詣《もう》でることができるということもまた、愛された理由の一つであったのだろう。五十里宿のあった五十里村の名は、江戸から五十里という距離にあったからだという。雀宮宿からさらに二十五里。人は川とともに生きている。

II

大の字のつく地名

大洗　おおあらい　70

　大洗という名の海に面した町が、北へ行くフェリーの港のあるところだということは、移動性の強い人間（特に関東出身）ならたいていのひとは知っているだろう。いつかは自分も行くのだろうと漠然と思っていたが、最初にこの町を訪れたのはそれが目的ではなかった。すぐ近くに涸沼《ひぬま》という小さな湖（実は汽水湖）があり、冬になると毎年そこへ同じオオワシが飛来する。それを目当てに常磐自動車道を北上、北関東自動車道へと右折、涸沼に近い場所で高速を降りた。そして涸沼のまわりをぐるぐる、オオワシを探しながら回ったのだが、百年変わらずあるような村落の佇《たたず》まいがなんとも心地よく懐《なつ》かしく、目が惹《ひ》きつけられ、なかなか鳥見に集中できなかった。涸沼は地図で見ると一見、胃袋のような形の湖だが、よく見ると細い管のような川が両端にあって、涸沼川が途中で膨張した形になっているのがわかる。そして海側の「管」が、那珂《なか》川の河口辺りで合流していて、そこから海の水も逆流して入ってくるので、漁場としても魚種が豊かなのだ。オオワシも楽しく過ごしているだろう。が、このときはなかなか会えない。

そのうち車は自然と海岸へ向かっていた。オオワシは海鷲《うみわし》なので、会える可能性はないではない。地図にある通り、まっすぐな海岸線であった。駐車できる場所に車を停め、降りて、そのときはまだ若く元気だった犬とともにしばらく浜辺を散歩した。千鳥の足跡が、砂浜に長くくっきりと続いていた。

大洗町は、一九五四（昭和二十九）年磯浜町と大貫町が合併して出来た町である。だから町名は新しいものなのだろうと思っていたら、海岸沿いを運転中、大洗磯前《おおあらいいそさき》神社を見つけた（鳥居が県道を跨《また》いで建っていて、無視できるものではなかった。このときは見なかったが、海の岩の上にも鳥居が建っているそうだ）。この神社の創建が古い。社伝によると、斉衡三年（八五六年頃）に里人が神懸かりして「我は大奈母知《おおなもち》（大国主命）、少比古奈命《すくなひこなのみこと》（少彦名命）なり」と、二柱の神が大洗磯前に降臨したことを告げられた（と『文徳実録』にもあるらしい）のだそうだ。

そこから海岸線を南へ戻る。迷っているうちにやがて「原子力研究開発機構」の表示板が見えた。このときは、ここにそういうものがあることをまったく知らなかったので、自分からかけ離れた遠いもののように思って過ぎた。正直にいうと、それまで自然の景観や町並みの佇まいを楽しんでいた心に、すうっと、異質のものが通り過ぎた感じだった。それから何年か後、二〇一一年三月十一日が過ぎて、担当編集者の一人がこの町の出身で、親戚《しんせき》の方がここに勤めているのだということを初めて知った。彼女の心配に共感して以後、(頭ではなく理屈ではなく)皮膚感覚で繋《つな》がっている気がしている。あんなにとりつきようもなかったような施設に、間に親しいひとが介在するだけで、ここまで印象が変わってしまうのだと思った。

大洗海岸沖は、寒流である親潮と暖流である黒潮がぶつかる潮目に当たる。一説によれば、大荒磯が転じて大洗になったという。

大荒磯だと、ただ、大荒磯なんだな、と納得するだけだが、「そ」を取ってさらに大洗と漢字を当てたところで、なんだかとてもスケールの大きな禊《みそ》ぎ、すべてが浄《きよ》められて再生に向かうような、そんなダイナミズムすら感じさせる。

当時の住まいは本郷台地の上で、明治時代その下のほうに住んでいた樋口一葉が日記のなかで、近所の○○へ上がって富士山を見た、と書いていた場所の近くだった。もちろん今は見えない。この辺りは起伏に富んでいて、白山通りを低地に穿《うが》たれた川と見なして北を望めば、渓谷の右土手が本郷台地、左土手が小石川台地、その両方を横断する春日《かすが》通りは東から本郷台地まで上ってきて真砂《まさご》坂上からまた坂下へ下り、白山通りと交わるところで底地へ降り立ち（春日町交差点、富坂下）、また小石川台地へと富坂を登る。ある程度登った辺りで左手に安藤坂が現れる。そこを下り切ると大曲、白鳥橋だ。

安藤坂は別名網干坂ともいい、昔漁に使った網を干していたところからその名がついたといわれている（また、近辺に住んでいた御鷹掛《おたかがかり》が鳥網に使った網を干したともいわれ、両方正しいのだろう。網を干したくなる坂なのかもしれない）。この辺りはもともと入り江が多く、江戸時代に盛んに埋め立てが行われたのだとは聞いていたが、網干坂のことを知ったとき、こんなところまで海が入り込んでいたのか、と改めて驚いたものだ。

しかし今回、白鳥橋の由来を調べてみると、昔この辺りに白鳥池という大きな沼地があったらしいことがわかった。それが江戸時代初期、大火の後に埋め立てられてしまっていた。網干坂を登った右手に北野神社があり、そこには源頼朝が波の静まるのを待って船を繋いだ場所だという伝説が残っている。

これらから考えると、当時大きな池といわれていた白鳥池は、そのまま海へ出ることも可能な、汽水湖のようなものだったのではないだろうか。見ようによっては入り江でもあっただろう。

渡ってくる鳥にはそういうことはどうでもよかったことだけは間違いない。白鳥池の白鳥は、文字通りハクチョウだったのか、それともダイサギとかコサギとかのシラサギだったのか。それだったら白鷺《しらさぎ》池というだろうから、やっぱりハクチョウが渡っていた池だったのだと思いたい。交通量の多い殺伐とした白鳥橋の上で信号待ちをしながら、葦《あし》や蒲《がま》が茂り森閑として霧の漂う池に、渡って来たハクチョウが群れて羽を休めているさまを思い浮かべる。そのよすがが、せめて橋の名まえだけにでも残っていることを有り難いと思う。

大月　おおつき　73

中央自動車道を大月で曲がれば富士五湖方面へ向かう。大月はいつもそうして通り過ぎる場所か、または方向をチェンジする場所であったが、あるときそこで下りてみた。正月であった。見え隠れする富士山がとても正月らしかったので、そのまま車を走らせて、富士の良く見えるところで車を降り、夕方になるまで眺めた。当然だがひどく体が冷えた。どこか入浴だけさせてくれる温泉があればいいのにね、と連れにいっていたら、目の前に「入浴のみ可」という旅館の看板が出てきた。旅館にしては素っ気ない建物で、照明も薄暗く、ほんとうに営業しているのかどうかわからない。駐車場らしきところに車を停め、ちょっと(様子を)見てくる、と中に入った。

薄暗いフロントにはだれもいなかった。女性の先客が二人あり、不安そうな顔をしている。「諸国放浪中の学生」風で、異国のひとたちだった。すると奥から今まで炬《こ》燵《たつ》にいました、という風情《ふぜい》の三十代くらいの男のひとが出てきて、先客と話を始めた。先客は英語を使うが、彼はよくわからない。客のほうが途方に暮れていたので、通訳をお節介した。お風呂《ふろ》だけ入りたいんだけれど、という私と同じ希望だった。料金はいくら、バスタオルとフェイスタオルの貸し賃はいくら、風呂は廊下の突き当たり、等々を伝え、久しぶりにひとに感謝された。連れも車から出てきたが、風呂には入らず待っているという。そう、と私はさっさと風呂場へ行き、湯船につかったが、先客たちはなかなか来ない。やっと入ってきたと思ったら、バスタオルをきつく体に巻いている。日本の公衆浴場は初めてだったのだ。聞けば昨日オーストラリアから日本に着いたばかり、近所の宿泊所に泊まっているが、日本の温泉に入りたくてここに来た、明日からは名古屋方面に行く予定という。これから日本各地の観光地を回るのだったら、まずは公衆浴場の入り方を学ばなければ。お節介心がまたまた出てきて、一通りのレクチャーをし、なごやかな時間が過ぎて先に風呂を出た。フロントで元旦《がんたん》営業の時間について聞くと、どうも話が通じない。どうやら元旦ということばがわからないようだった。

狐《きつね》につままれた思いで連れとともに車に乗り、先客の一人はオーストラリア人、もう一人はアジア系で二人とも日本語がわからなかった、という話をすると、連れは、あのフロントも日本人じゃなかった、といって私を仰天させた。わからなかったの？　ちょっと訛《なまり》があったが、日本人だとばかり思っていた。ええ？　でも、中国人でも韓国人でもなかった。そう、中国人でも韓国人でもない、そういう「訛」じゃなかった。どういうこと？　日本人よ、と私は半信半疑。違う。元旦がわからない日本人がいる？　じゃあ、どこ？　アフガニスタン、とか？　まさか。あの顔つきはマレーシア、シンガポール？　でも、それなら英語がわかるでしょう。英語はまったくだめだったし。話し合っているうちに私はあることに気づいた。玄関を入ってすぐ、私は靴を脱いで上がったのだが、辺りに先客の靴はなかった。靴箱のようなものはなかった。え？ あの人たち、何処《どこ》から来たの？ 青ざめた連れと顔を見合わせた。

いまだに謎《なぞ》は解明できていない。

大沼 おおぬま 74

大沼の自然は本州っぽい、ということを北海道のひとから聞いたことがある。行ってみてなんとなくわかった気がした。北海道の自然が全般にどこか大陸風のおおらかなダイナミズムを感じさせるのに対して、大沼には確かに細やかな本州っぽさ、のようなものがあった。いろんな当て推量をしようとしてしかし、どこに似ているというのも失礼な話だと思い至る。大沼はやはり大沼なのだった。

大沼湖で駒ヶ岳を望みながらカヤックをしようと、駐車場で艇を組み立てた。組み上がったら、もう計画のほとんどを達成したような気分になっている。が、そこから水辺まで少し距離があった。一人なので、カヤックを移動させるのにちょっとした工夫がいる。艇のはしっこの底に、小さな車をとりつけるのだ。反対側の端に持ち手をつけて歩くと、ほとんど大きめの犬を散歩させているような気軽さだ。

もともと最軽量のフォールディング・カヤックである。背負ったリュックにはお弁当とおやつと飲みもの、片手にはパドル、もう一方の手にはカヤックの紐《ひも》を引っぱって、晴天のなか、草原や疎《まば》らな林を一人行進する楽しさ。水辺にたどりつき、大きく一漕《こ》ぎして岸辺を離れる解放感。ほんとうは何からも解放されているわけではないのだが、そうであればあるほど、解放感というものは束《つか》の間《ま》鮮やかに生じるのだろう。

大熊　おおくま　75

大熊町は福島県双葉郡のほぼ中央部に在る。町内を流れる熊《くま》川は、古《いにしえ》の名を苦麻《くま》川といい、そこから、周辺の土地を熊と呼ぶようになった。昔から、東北の始まり、関東の終わり、というような括《くく》りの、境界に位置する場所であったらしい。一九五四（昭和二十九）年、大野村と熊町村が合併して、現在の大熊町になる。同じ双葉郡に住む知人の友人であるSさんは、この大熊町に生まれ育ち、就職し、結婚し、子どもを持った。今、関東のある町で暮らしている。猛暑の夏の日、Sさんのお宅を訪れて、子ども時代のお話を伺う機会があった。内陸のその町は、最高気温でいつも話題になる町でもあった。そのことはテレビとかで知っていたけれど、人ごとみたいに思っていて、まさか自分が住むことになるなんて思いもしなかった、とSさんはいう。

「大熊町は涼しかったです、今から思うと。風がね、海から、山から、吹いてきて」。浜街道辺りを境にして、大まかに山のほうと浜のほうと分かれ、小学校はそれぞれ一校ずつ。中学校は一つだけ。小学校のときは、お互いなんとなくライバル意識を持ってるけど、中学校に入ったら、もうみんないっしょ。今頃は、夏休み。ラジオ体操、行ってました？「行きました。出席カードみたいなのに判子もらって、ぜんぶ出席だと、なんか、もらえるんですよね。朝、六時……半？歩いてると、なんか、馬がずらずら行くのに出会ったりすることがあって」。え？馬？「そう。甲冑《かっちゅう》着た人たちが馬に乗ってて。そういうの見ると、ああ、今日は野馬追《のまおい》の日なんだなあ、そういえばあちこち旗立ってたなあ、って思うんです」。野馬追。「そう、野馬追のときの行列のルートと、ラジオ体操に行く道が同じなんです。で、野馬追は、大熊町が南限、っていうのかな。相馬、南相馬、双葉郡の中の浪江《なみえ》町、双葉町、大熊って。馬ってそういえばどっから集めてくるんだろう。でも、その時期になるとちゃんと馬が何百頭も集まってくる」。壮観ですね。でも、いつもの道を歩いてたら向こうからふつうに騎馬武者が来るっていうのがすごい。「ラジオ体操が終わったら、帰り道の駅の近くの街燈《がいとう》の下、カブトムシが結構いるんです。駅っていっても、山が近いんで」。男の子にはたまらないでしょうね。「今、どうなんだろ。誰も採らないから、すごいことになってるのかな……」。

思わず、無人の町の街燈の下に、みごとなカブトムシたちが集まっている図を想像する。羽音だけの、静かな光景。いやいや、場所と人が、密接に結ばれていた、そのときの土地の記憶に耳を傾けよう、と、Sさんに淹《い》れてもらったお茶を飲む。

「それから盆踊りもありました。地域で歌も踊りも違う。大熊町の盆踊り唄《うた》の歌詞には、梨《なし》が入ってた。梨が大熊町の名産だから。小学校の運動会でも盆踊り、踊ります。音楽も生演奏。小学校に、郷土研究クラブっていうのがあって、近所のおじいさんとかが笛や太鼓教えにくるの。放課後とか、ピーヒャラ聞こえてくる。そういう地元の昔からの祭と、東電の寮の人たちがやる納涼大会みたいなのもあった。大熊町には東電の寮があちこちにあるんです。若い独身の男の人たちが、納涼大会になると、いろんな屋台出してくれて、地元の人も食べ放題飲み放題で。そういうのが、町内のあちこっちでありました」。金魚すくいとか、風船釣りとか？「そうそう。田舎の、普通の町でした。ただちょっと、箱ものが立派だったけど、やっぱり」。

小さい頃はどんなところで遊んでました？

「わんぱく広場かな。中学生くらいになったら、大熊町って、そんなに遊ぶとこないから、電車に乗って近くの町——都会ってほどでもないけど——まで行ってたけど、小学生くらいまではわんぱく広場でしたね。休みなんか、朝から夕方までずっと子どもたちの声がしてて。両親が共働きだったんで、妹と二人、小さい頃はよく浪江町のおばあちゃんのところへも行ってました。電車に乗って行くと、駅までおばあちゃんが迎えにきてくれていて。私はずっと、小さい頃から学校も職場も嫁ぎ先も、双葉郡の中だけをあちこちして、一生、双葉郡の中で生活して行くんだと思ってた」。

Sさんの心の根っこは、まだ大熊町に「定住」している。

「スーパー行っても、ただ歩いてても、お店入っても知り合いばっかり。知ってる人が空気のようにまわりにいる。それがあたりまえの世界だった」。

定住とは、自分自身と分かち難く、場所を愛すること。

ざわっとする地名

姨捨　おばすて　76

千曲《ちくま》市の千曲川展望公園に立つと、山々に囲まれた善光寺平とその中に横たわる千曲川が見渡せる。その流れは左手の先でやがてほとんど直角に曲がり長野市のほうへ消えていく。そのとき私たちを案内してくださった方は、帰郷するといつもここに登る、という。なるほどその方の生まれ育った生活圏がすべて見渡せるパノラマだ。千曲川はやがて信濃川になって日本海に注ぐ長い長い河だが、この辺りではまだ瀬が白く泡立つところもあり、少年期から青年期へ移行しようというところだろうか。ここは冠着《かむりき》山の中腹で、すぐ下に、姨捨駅がある。姨捨山は冠着山の別名。さらにその下にはうつくしい棚田が広がる。古来月の名所で、田植えの頃棚田に映る月は「田毎《たごと》の月」と呼ばれる。今は田に水は張っていないが、代わりに黄金色《こがねいろ》の稲穂が揺れる。場所によってはすでに刈り取られて稲木に架けられている。

秋口だったので、吹く風が軽やかで清《すが》しい。眺望がいい場所は、大気の流れにも滞りがないのだろう。山々の上から秋が運ばれてくる。同行の画家が弾む声で「あ、彼岸花」と呟《つぶや》いた。

姨捨ということばはとてもインパクトがある。親が老いてきたり自身も老境に差し掛かっていたりすると、それはまた若い頃耳にするのとは違うインパクトになって、ドキッとすると同時に粛然とする。

姨捨伝説は全国的に分布しているが、古くは『大和物語』や『今昔物語』にも出てきて、その舞台がたまたま「更級《さらしな》」であった(この地域は明治以降も更級郡と呼ばれていたが、一九五九年、埴科《はにしな》郡の一部と合併、更埴《こうしょく》市と名づけられた。それはさすがに乱暴過ぎて評判も悪かったろうと思われる。二〇〇三年に千曲市に変わった)。改めて読んでみると、息子(本当は息子のように育てた甥《おい》)の嫁が老いた姑《しゅうとめ》を嫌う、その嫌い方がとてもリアルだ。腰の曲がった老婆《ろうば》の姿(自分の腰痛《ようつう》がここで重なる)、存在そのものがたまらなくいやになり、捨ててきてくれと夫に頼む。疎《うと》む気持ちが加速してこの人間を消し去りたい、と思い詰めていくのは、昨今のイジメのメカニズムとよく似ている。暮らしの道具はどんどん進化しても、人間の精神構造はまったく進歩していないことがよくわかる。集団がヒステリックに排他的にならない画期的な工夫が、そろそろ見いだされてもいい頃だ。いや、渇望《かつぼう》している。物語のなかで心迷った末養母を捨ててきた後に、息子がしみじみと詠《よ》むこの有名な和歌も、歳《とし》をとるとこれほど味わい深い歌だったのかと思う。

我がこころなぐさめかねつ更級や　姨捨山に照る月を見て

自分自身の在り方に慨嘆するこころもまた、昔から進化も変化もしていないのだろう。

毒沢　どくさわ　77

時折便りを下さる岩手県の東和町に住む方の住所に「毒沢」という地名が入っており、見るたび新鮮に目に入ってくる。互いの間に連絡の便りが往復するようになってから、十年以上は経《た》つと思うが、いまだにそうである。ご本人から在所の地名についての感慨はお聞きしたことはない。住んでいると記号化してしまって、あまり意味など考えなくなるのかもしれない。ご本人が生き方を含めて「毒」とはかけ離れた存在なので、私のほうはこの字が目に入るたび、なんとなく字の形の似ている「苺《いちご》」を見つけたような気分になる。

手元の地名辞典で調べると、北上山系の西辺、猿ヶ石川の支流、毒沢川の中流域に位置することからの名付けのようで、毒沢川自体は、「岩間に毒を出す沢」があるゆえのネーミングらしい。戦国時代にはすでに文献にその名が出てきている。昔は独沢や徳沢と書いた時期もあるようだから、やはりイメージを慮《おもんぱか》ったのだろう。

毒沢のある東和町がとてもパワフルですばらしいアンテナが立っている場所らしいことは、彼女からの折々の便りで知っていたし、彼女を含め手仕事のエキスパートたちがたくさんいらっしゃるらしいこともわかっていたが、昨年のクリスマスのときに送っていただいたシュトーレンのあまりのおいしさにはほとんど感動したものだった。

「毒」という字を、いくつかの漢和辞典で当たってみると、ネガティブな言辞が延々続いた後、必ず七番目、八番目くらいに、育てる、養う、治める、やすらか、などのポジティブな言葉が出てくる。これがどういう経緯で出てくるのか、どなたか教えてくださる人があればいいのだが。

銭函　ぜにばこ　78

札幌から余市、小樽方面へ向かって車を走らせていると、やがて右手に海岸線が迫ってきて、そしてまた左手には山も迫ってくる、その辺りが銭函。最初にその地名を地図で見たときは、何かの間違いのような気がしてならず、北海道の知人に本当にそこはそういう名前なのかと訊《き》くと、そうだという。別に何の感慨もなさそうだった。あまりしつこく訊いて、地元の人に不快感を持たれても仕方がないので、そのときは、「はあ」、と、「ほう」、の中間のような声を出して終わった。

それから、何名かの北海道出身の人に訊いてみたのだが、皆、口々にその地名に違和感を持ったことはないという。幼い頃から耳にしていて、記号化してしまっているのだろう。けれど、そういう経験の蓄積のない「道外者」には、その語の持つ本質的な力のようなものが察知されるのかも知れない。「銭函」には、「ドル箱」にない切実さと迫力と、そこはかとない郷愁のようなものが感じられる。北海道出身ではないが、北海道に縁のある人たちにその地名についてたずねると、「最初聞いたときは、なんか、すごい、と思った」と、確かにインパクトを持つ地名であることを皆認める。だが、そこから踏み込んで説明してくれる人はなかった。たいていは、「昔ニシン漁で栄えていたとき、どの家にも銭函があった」というエピソードに言及するくらいだ。

いったい自分が感知しているものの正体はなんなのだろうと、気になっていた。そのうち、「銭函」が、単なる金庫の異称ではなく、「銭函」という特有の形態を持った道具の固有名詞なのだということを知った。昔の薬箱のような箱形のものの上部に、漏斗《ろうと》型の「銭入れ口」がついて、その先は、神社の賽銭箱《さいせんばこ》のように木枠が渡してある。手を突っ込んでも勝手に取り出せないし、何かの拍子にひっくり返ってもそこら中に中身が飛び散る悲惨な事にはならない仕組みだ。昔の商家には当然のように在った「家の道具」なのだろう。それならば、「金庫」などではなく、「銭函」でなくてはならない理由もなんとなくわかる。「金庫」に行くほど長期にわたって「貯《た》め込む」ことが予想される金子《きんす》ではなく、右から左へ流通する過程の、一時的な保管庫。

　私はきっと、厳しい気候のただなかで、体を張って日々の生活の経済をまかなう、そういう真剣勝負のような気迫を、「銭函」ということばから感じとっていたのだろう。生きることは本来そういうことのはず、という自分自身への焦《あせ》りとも、世代を遡《さかのぼ》る、遠い記憶への懐かしさともつかない何かが、私を「ざわっ」とさせるのだろう。

花市場　はないちば　79

美しい名である。

鈴鹿山脈を近江《おうみ》のほうから三重県方面へ抜ける道の一つに、八風《はっぷう》街道と呼ばれるルートがある。今はもうほとんど藪《やぶ》に呑《の》まれて見る影もないが、往時は牛馬が列をなして通い、峠には茶屋まであったという。この道筋を舞台にした小説を書いていたため、何度かこの地を訪れたことがある。鈴鹿山地は、琵琶湖側（近江、つまり滋賀県側）から見れば、陽がたっぷり当たる（といっても山間部ではやはり限りがあるが）が、三重県側からは急峻《きゅうしゅん》な、小暗い山脈《やまなみ》である。その、三重県側の峠道、八風峠にかかろうとするひと気のない山道に、「花市場」の跡があるのだ。跡といっても苔生《こけむ》した石組みが残っている程度なのだが、昔はここに八十戸もの集落が在ったとも、さらにそれが鈴鹿山脈を水源として流れる切畑《きりはた》川の氾濫《はんらん》により、濁流で一夜にしてなくなったともいう伝説が残されている。

近江側には、隠れ里と呼ばれる木地師《きじし》の集落があり、この花市場もまたその流れの木地師の集落であったのではないかという説もあるが、さだかではない。

私がここに興味を持ったのは、その石組みを初めて目にしたときであった。すっかり辺りは山に呑み込まれ、雑木林になった一角に、かろうじて残った石組みが見えていたのである。これは何か、謂《いわ》れのある場所に違いない、と感じさせられるオーラのようなものが土地に漂っていた。地図には「花市場」の文字。だがその後、調べても調べても、なぜ、そこが「花市場」と呼ばれるようになったのかはわからないのだ。どういう人びとがどのような暮らしをしていたか皆目わからず、集落が消え去った理由も確たるところはわからない。ただ、地名だけが麗《うるわ》しい「花市場」として残っている……。この文字を見るたび、気持ちはざわつく。これがもっと何でもない名まえなら、ここまで不穏な、落ち着かない思いを醸《かも》し出されることはなかっただろう。

無音　よばらず　80

この秋、初めて山形県鶴岡市を訪れた。空港から市内へ向かう途中、或《あ》る所で車が左折すると、稲刈りの終わった田圃《たんぼ》に白く大きなものが幾つも見えた。案内してくださった方々はさして気にならないようで、私が何かいわなければ、このまま何ごともなかったかのように車は進んでいくだろうと思われた。慌《あわ》てて、あれ、と車窓の向こうを指す。同行のSさんはそれを見て、ツル！　と一声叫んだ（彼女には以前、トビを見てオジロワシ！　と叫んでいた頃があったが、この間、彼女の「鳥見力」は長足の進歩を遂げていたはずだったのに）。ハクチョウ、ですよね？　とさりげなく訂正する。オオハクチョウだった。ええ、ハクチョウは、十月一日に初めて渡ってきました、と前部座席からごく落ち着いた声が返ってくる。オオハクチョウが落ち穂を啄《ついば》みにきているのだった。ハクチョウが普通に町にいる。ああ、ずいぶん北の国に来たのだ、という感慨を深くした。

翌日、仕事を終えた私たちは出羽三山のほうへ送っていただくことになった。思わず、もし無音が近くならそこを通っていただけないかと厚かましくお願いした。無音と書いて、よばらず、と読む、この珍しい地名のことを、私は数年前のあるとき偶然知ったのだったが、一旦知ってしまうと、それはなかなか簡単に忘れられるようなものではなかった。そして無音は確か、鶴岡にあるはずなのだった。私の願いは快く引き受けられ、車は刈り入れのすんだ庄内平野の秋を走った。ススキの群生が白く穂をなびかせ、柿《かき》の実は色づき、空は高く澄んでいる。無音の集落は、そういう平野の中に現れた。

車道の両脇《りょうわき》に家々が並んでいる、その間隔も狭すぎず、かといって孤立するほど離れてもおらず、小路の風情にも生活をきちんと丹精されているようすがうかがえた。この集落に限らない、それは鶴岡での短い滞在中に私たちの受けた印象そのままだった。人も風土もゆかしいのだった。

呼《よ》ばらず、か、喚《よ》ばらず、か、招《よ》ばらず、か。羽黒山の領地であったため、近隣との交際がなかったのではないか（「音」は「訪《おと》なう」の意ともとれる）、近くに沼があり、その主を起こさないようにするため、等々、調べれば、いくつかの謂れがあるようだった。一六四〇年代中頃に出来た「正保《しょうほう》庄内絵図」にはヨバカラスという名の記載があり、それが転じてヨバラズになったのではないかという説も無視できない。

この地名がなんとなく心に引っかかるのは、それが否定で終わるように聞こえるからだろう。そういう地名は非常に少ない（私は今、他に考えつかない）。いずれにしろ、理由があったはずなのだ。地名も生きもののように変容する。きっとそれは、人間の一生などとは桁《けた》の違う生き方で。

犬挟　いぬばさり　81

この峠の名を初めて知ったときの、衝撃のようなものを覚えている。こうやってしみじみ見ていてもいまだに慣れない。昔、飼っていた犬が子犬だった頃、屋根を蓋《ふた》のように開閉出来るタイプの犬小屋に入れていたことがあった。夏場で暑い日が続いたので開けたままにしていたら、あるとき木製の重いその屋根が勢いよく下りてきたらしく（その瞬間は見ていない）今まで聞いたことのない高い声が近隣に響き渡った。しっぽを挟まれていたのだった。あのときのことは思い出すたび胸が痛む。

犬挟峠は、昔の山陰道のひとつの街道筋にあり、瀬戸内海側の福山から日本海側の北栄町を結ぶ国道313号線上、岡山と鳥取の県境に位置する。犬が挟まるほど狭い峠道だからだとか、犬も去るほどの難所（犬ば去り）だからだとか、昔後醍醐《ごだいご》天皇が敗走した、院走りが転じたなど、いろいろあるが、どれも後付けの感が否《いな》めない。

車で走る新道は快適、旧道も、鳥取側はやたらにカーブが多いが、決して狭い道ではない。以前新道の峠にある店で、香茸《こうたけ》やハタケシメジが売られていてびっくりした。しかもその店ではもうすぐクロカワも出ると言っていた。ほとんどが、図鑑でしか見たことがない、実際に生えているところが見たくて、けれど出会ったことのない茸《きのこ》ばかりだった。店頭で初めて見《まみ》えることの釈然としない喜び。でも一生会えないよりはましかもしれない。茸は、この街道が中国山地を深々と渡る、醍醐味の一つなのだろう。

それにしても、犬挟のほんとうの由来はなんなのか。いくつかある候補のなかに、本物があるのか、それともまったく別の理由があるのか。なんとも複雑な感慨を催す地名であり、そこを狙《ねら》っていたとしたら、すごいとしかいいようがないネーミングである。

シタクカエ　したくかえ　82

五、六年前、北薩・紫尾山《しびさん》の麓《ふもと》を車で走っているときのことだ。

目的地に近くなり、木々や枯れ草ばかりだった路傍に、突然五輪塔や僧職の墓石と思《おぼ》しき石碑の類《たぐい》がかなりの数、目に入った。慌ててブレーキをかけ、車をバックさせ、降りてからしげしげと眺めた。立て札によると紫尾山は江戸時代末期まで修験道《しゅげんどう》の霊山で、十二坊もの脇寺を有し、一帯は西の高野山と呼ばれていたほど隆盛を誇った、紫尾山祁答院神興寺《けどういんしんこうじ》という寺院の地所であったという。それが廃仏毀釈《はいぶつきしゃく》で徹底的に破壊し尽くされたと、記されてあった（このあと、改めて南九州での廃仏毀釈について調べてみて、それがISの遺跡破壊以上の、とてつもない文化と人びとのアイデンティティ、生きる基盤を根こそぎ奪い去る暴挙であったことに呆然《ぼうぜん》とするのだが）。墓石群はその僧侶《そうりょ》たちのもので、狼藉の後、打ち捨てられていたのを心ある人びとが一箇所に寄せ集めたものだろう。一番古い墓石は応永二十二年（一四一五年）の建立《こんりゅう》とあった。

見渡せば辺りはほんとうに山と野と、若干の田畑があるくらいで、人家さえ稀《まれ》であった。そのなかを風が気持ち良く吹いている。トビが頭上で輪を描いている。そんな来歴を持つ風景であるとはにわかには信じ難かった。

このときはそのすぐ近くの、紫尾神社を目指していたのだった。そもそもその境内から湧《わ》き出る温泉目当てで行ったのだが、着くまでにこういう経緯があったので、境内の縁起書を興味深く読んだ。ここもまた修験道の神興寺とともにあった神社で、言い伝えによれば今から千数百年前の建立だという。神社であったので破壊を免れたのだ。

周囲は静かな村で、温泉地だというのに飲食店も土産物屋もほとんどない。村内をぐるりと回っていると、山との境にずっと、最近のものらしいフェンスが建ててあるのが目に入った。

そこの立て札によると、神興寺の脇寺は十五坊、これに奥の坊を入れて十六坊、となっている。三つの資料の名をあげ、それぞれそう記載してある、とことさらに断っているのは、十二坊とする、先の立て札を意識しているのだろうか。そして、この十六坊の他に、瑞雲寺《ずいうんじ》、曹洞《そうとう》、徳寿庵《とくじゅあん》の三寺があったとしており、このフェンス奥の山中には、この三寺所縁の供養塔群《くようとう》が二箇所ある、一つは瑞雲寺関係、もう一つは小型の宝塔的五輪塔が多くあるので、尼寺であった徳寿庵の比丘尼《びくに》たちの供養塔であろうと説明されていた。ただ、寺の跡そのものは確認されておらず、もうどこであったのかは見当がつかないらしい。この供養塔群も、道に沿ってあった神興寺の墓石群と同じく、辺りに散らばっていたものを、寄せ集めたのだろう。気になったのは、その最後に記された、「この付近は「シタクカエ」という字名がある」という一文である。

シタクカエ？　と、それを見た瞬間、思わず口に出して呟いた。変わった名前である。どういう意味だろうと首をひねったが、簡単には思いつかない。ただ、奇妙に実用性と物語性を持っていて、惹きつけられる。ゾクゾクと若干の恐ろしさのようなものまで感じ取ってしまうのは、過剰な反応だろうか。

古文書も全《すべ》て焼き払われた今となっては、もう想像するしかないが、何らかの祭事《まつりごと》の折、この辺りで一旦支度を整える慣例があった、それは「カエ」というくらいだから、すでにある「シタク」がされていて、また違う種類の「支度」をする必要があった、ということだろうか。千年以上も続いてきた修験道の寺院に、独特の風習や祭事があったとしてもおかしくない。日本全国津々浦々、あちこちで残っている、真冬の折の「火の祭り」の類、夏の頃の盂蘭盆会《うらぼんえ》の風習、あるいは南国にふさわしく、中秋の十五夜の折に行われる綱引きのようなものかとも想像する。

それとも、廃仏毀釈の嵐《あらし》のなかで、突然起こったことが信じられない比丘尼や僧たちが、半信半疑ながら還俗《げんぞく》しようとする、その瞬間の姿を、「シタクカエ」と呼んだのか。だとすれば、ここまで地名にある種の慨嘆を封じ込めたものはそうそうないように思われ、胸が痛くなる。

植物系の地名

宿根木　しゅくねぎ　83

宿根草《しゅっこんそう》というのは、よく知られているように、一代限りでおしまいの一年草と違い、年々歳々芽を出し葉を茂らせ花を咲かせ、隆盛を極めた後、冬には地上から姿を消し、また春になると芽を出すサイクルを持つ多年草のことである。しかし多年木ということばはない。わざわざ断らなくても木というものは「多年」生きるに決まっている（と思う）からだろう。だから宿根草はあっても宿根木ということばはないはずだ（と思う）。しかるにこの地名は宿根木と書いて、しゅくねぎと読む。ことさらにそこに根を張ることを強調したいということだろうか。確かに海に面した宿根木の山では大蛇のように岩にしがみつく木の根も多く見た。

宿根木は日本海に浮かぶ佐渡島の最南端に位置する、小さな扇状地のような入江にある。町内をぐるりと走れば五分もかからないのではないかと思うくらい、こぢんまりとしている。小学校のグラウンドほどの大きさの港の前は駐車場で、そこからすぐ、住宅街になっているのだが、海に面した部分は笹竹《ささたけ》で覆《おお》いがしてある。ひとたび海が荒れれば、港や駐車場など一またぎ、すぐに波の飛沫《しぶき》を浴びるので、それを避けるためだという。津波が起きれば一たまりもないのでは、と不安だが、津波はなかったけれど山津波はあって、過去には集落の大部分が押し流されるような水害もあった、と地元のひとはいう。昔懐《なつ》かしい板張りの家々は、長屋ではないかというくらい密集しており、それが圧迫感を感じさせず、かえって何ともいえない温かさを醸し出している。この町が隆盛を誇ったのは江戸時代、千石船の造船業、廻船業によってだった。陸の輸送路が充実してきた明治以降は急速に衰退したが、当時の屋敷は現存し、公開されている。この家々の独特の情緒は、常住していた船大工が家の建築に携わった、ということもあるのだろう。そのまま波間に浮かんでもおかしくない、舳先《へさき》のような三角の家もある。

そうならないための、まじないのような、祈りのような地名なのだろうか、宿根木とは。

三本木　さんぼんぎ　84

東北には三本木という地名が多いようで、まず、東北自動車道を走っていると三本木というパーキングエリアが出てくる。これは宮城県で、ここの三本木の謂《いわ》れは、昔鳴瀬川岸辺に三本のツキノキ（ケヤキのこと）があったことからと、『安永風土記《あんえいふどき》』に出てくる。それから青森市、野内《のない》川中流右岸にも三本木という地名があり、由来は三本のエノキの大木だということだ。さらに十和田市にも同名の地名がある。これは根方から三つに分かれたシロタモの大木があったため、とも、渺々《びょうびょう》たる広野に三本の木しか生えていなかったから、ともいわれている。松なら一本松、二本松、果ては下り松など、地名に加えてもらえるのに、ケヤキやエノキ、タモなどの、雑木と呼ばれるような木は、ひとくくりに「木」になってしまうのが少し悔しい。

その十和田市の三本木にある青森県立三本木農業高校の女生徒たちが、犬や猫の殺処分ゼロを目指して「命の花プロジェクト」を立ち上げた。ゴミとして処分される膨大な量の骨を砕き、肥料として花を咲かせる。こう簡単にいっただけでは、決して現場で起こっていることの切実さは伝わらないだろう。私だって、そう聞いただけでは、そんなことをしたって根本的な解決にはならない、センティメンタルな話のような印象を持っただろう。

だが『世界でいちばんかなしい花』（瀧晴巳著、ギャンビット）を読んだとき、彼女たちがこう動かざるを得なかった切羽詰まった気持ちがひしひしと伝わってきた。見学に行った動物愛護センターでの、殺処分の行程の最後、男の子たちが見ることに怖《お》じ気《け》づいた圧倒的な量の骨を、女の子たちはきちんと見た。そして、こんなことはあってはならないはずだ、と激しい怒りを感じる。「大人、ふざけんな！」と呟く。「ゴミとして捨てられていたあの骨、人間が無残に断ち切った命の循環を、もう一度つなぎたい」、とほとんど本能のように動き始める。引き取った骨を砕く作業はほんとうにつらかった。いちばんつらかったのが、骨といっしょにネームプレートや首輪が出てきたこと、つまり、ペットとして一時は名まえを与えられていたという事実であったという。紆余《うよ》曲折を経て、骨を土に還《かえ》し、ついに初めての花を咲かせたときの感動。

名まえで呼ばれたことなどなかっただろう三本の木の、寿命は全うできたのだろうか。

歴史は為政者側からの情報だから、本当のところはどうだったのだろうとちょっと怪しみながら受け取るべき、という定説（？）が出てくるときに、いつも敗者側代表の一人として思い浮かぶのが、平将門《たいらのまさかど》だ。坂東武者が突飛なことに新皇を名乗り反乱を起こした、という印象を受けがちだが、実は圧政に苦しむ農民たちを救わんがため立ち上がったのだとする説も多い。敗れた平将門の首は京の都で晒《さら》されたが、いつまでも腐ることなくそのうち空を飛んで関東へ帰ったという。途中、失速して何箇所かで落ちたらしく、一番有名な首塚は大手町にあり、粗末に扱うと祟《たた》ると聞いた。関東大震災で被災した旧大蔵省が、首塚を整理した跡地に仮庁舎を建てようとしたところ、次々に変事が起こった、と巷《ちまた》で囁《ささや》かれているのは、千年を優に越してもその性変わらず、時の権力に仇《あだ》なしたということだろうか。

青梅　おうめ　85

青梅街道を西進していくとやがて青梅駅前辺りを通る。懐かしい風情の残る町並みは、昔の青梅宿と聞けばなるほどと思う。南九州に育った私が初めて強くこの名前を印象付けられたのは、中学か高校の頃『恍惚《こうこつ》の人』（有吉佐和子著）で、徘徊《はいかい》する老人が青梅街道をひたすら歩いていたという場面を読んだときだけれど、この古い道は、江戸城築城に要する資材を山間部から運搬するため、一六〇三年頃に作られた街道である。更にその七百年ほど前、平将門がここを通りかかり、「我が願い叶《かな》うなら根付いて栄えよ、さなくば枯れよ」といいつつ、手にしていた梅の枝（馬の鞭《むち》に使っていた）を地面に突き刺した。果たしてその枝は葉を茂らせ花を咲かせ、ついには実までつけたが、その実はいつまでも青々としたままだった。この言い伝えから、この地に青梅という名前がついたというのが、地名由来説の一つだそうだ。市内の金剛寺にその梅といわれる梅の木がまだ残っている（現代に至るまで、この梅はそういう質らしい）。

しかし変わった伝承である。首が飛ぶ、というイメージは、菅原道真の飛梅《とびうめ》にも通じるものがある。当時、念の入ったものはよく飛んだのだろうか。非業《ひごう》の死を遂げた、その無念たるやさぞ、というイメージ喚起力が彼の死にあり、菅原道真と重ねられたのだろうか。将門の首が腐らなかったというのが、彼の反骨精神は朽ち果てない、朽ち果てて欲しくない、という庶民の潜在的な願いの生んだ伝承だとしたら、梅の実がいつまでも青々として、というのもまた、その反影のような気がする。むしろいつまでも青いままの梅の実が最初にあって、将門伝説を引き寄せたのか。

とすれば言い伝えというのは、発言の場もなくパフォーマンスが歴史に残りようもない庶民の心情の記録ともいえるかもしれない。青梅街道をまっすぐ、とか、青梅街道に出て、などと、日常的に使う「青梅」という地名の一つにも、このような思いが封じられていることを思う。

麻績　おみ　86

長野自動車道を走っていると、上信越道に合流する手前で麻績ＩＣが出てくる。麻績は聖《ひじり》高原の麓に位置し、麻績宿と呼ばれる宿場町だった。ここから猿ヶ馬場峠を越えれば千曲《ちくま》川沿いに広がる善光寺平はすぐだ。古くは北国《ほっこく》西街道、善光寺西街道とも呼ばれた道は、善光寺参りのルートとして知られていた。善光寺は古代から人々の尊崇を集めた寺であったのだ。その縁起に「麻績の住人」として出てくる本多善光は、難波《なにわ》の地で、物部《もののべ》氏（神道《しんとう》派）が堀に投げうっていた百済《くだら》伝来の三尊仏を発見、その求めに応じて仏像を背負い、自分の在所の信州麻績の郷（この麻績の郷は、麻績宿の麻績とは別の地で、飯田市にある）に運び込む。推古天皇の御代《みよ》である。碓《うす》の上に安置していると、碓が光り出したという。そこが坐光寺《ざこうじ》、のちに三尊仏が長野市に遷座《せんざ》してからは、元善光寺と呼ばれる寺になった。麻績は、麻から糸をとって反物にする工程の一つで、その地名のつく在所には、麻の繊維を紡《つむ》ぐ生業の人びとがいたのだろう。「お」は麻の意で、善光寺西街道にある姨捨山の「オバステ」は麻の葉を捨てた場所、から来るのではないかという説もあるらしい。

今から四、五年前、滋賀県の八風《はっぷう》街道（琵琶湖沿いの街道から、鈴鹿山脈を越えていく街道の一つ）沿いに小さな堂があるのを見つけた。八風街道が千種《ちぐさ》街道と別れた、Y字型の、まさに分岐点のところで、車で通っていたなら見過ごしていただろう。堂の横に「信州善光寺一躰分身如来《にょらい》」と彫られた碑があった。難波から三尊仏を背負って歩いてきた本多善光は、ここで一夜を過ごしたらしい。そのとき仏像を下ろしたといわれる石に阿弥陀《あみだ》如来が彫られ、祀《まつ》られるようになった。現在もこの堂で月に一度、善光寺講が開かれているのだそうだ。

楢葉　ならは　87

福島の楢葉町は、一九五六（昭和三十一）年に木戸村、竜田村が合併して名付けられた町であるが、楢葉という地名自体は古くからあり、平安時代の『和名抄《わみょうしょう》』に磐城《いわき》郡十二郷の一つとして既に出現している。

Sさんは楢葉町に生まれ、楢葉町に育ち、今は楢葉町役場に勤めている。二〇一四年の九月、いわき市に着いた私たちは、Sさんの車で、住民の帰町に向けて職員たちが準備している最中の楢葉町の役場を訪ねた。国道6号線が規制解除になった次の日だった。途中、車が木戸川に差し掛かると、……ここ、鮭《さけ》が上ってくるんですよ、十月の終わりから十一月にかけて。じゃあ、もうすぐですね。

車を役場の駐車場に停め、近くの「ここなら商店街」へ向かう。その二カ月ほど前にできたばかりのプレハブの食堂には、昼休みの職員や一時帰宅の人びとが、くつろいで定食を食べている。久しぶりに出会った客同士の再会の声も聞こえる。なんともいえないアットホームな空気のなか、私たちもお勧めのラーメンをいただく。外へ出ると、秋のトンボが山の方角から飛んでくるのが見える。

あの高い山が郭公山《ほととぎすやま》。ああ、きっと、初夏の頃とかはホトトギスの声が響いていたんでしょうね。そうですねえ。

阿武隈《あぶくま》山系。木戸川もそこから流れてくる。

では、お小さいときから自然に恵まれていらした？　そうですね。幼稚園ぐらいの年齢の頃から、夏になると、朝、五時にはじいちゃんが枕元《まくらもと》に来て叩《たた》き起こすんですよ。カブトムシ採りに行くぞ、って。前の日に採れそうな木、じいちゃんが目星つけてるんです。日中は木戸川で釣りしたり。僕の家は共働きだったから、一歳の頃から保育園、いつもじいちゃんが迎えに来てくれてた。楢葉町には漁港がないんです、ほとんどが農業。両親は勤めてたけど僕はよくじいちゃんの手伝いして、ジャガイモを半分に切って灰をつけて埋めたり、小豆採ったり枝豆採ったり。先祖代々続いた田んぼもあったんです。最近ではうちで食べる分だけ、子どもに安全なごはん食べさせたいって。夏はカエルの大合唱で、うるさいうるさい。田植えとか、稲刈りとか、両親も仕事の都合をつけて、もう、毎年の家庭行事でしたよ。学校も休みになりますしね、子どもの頃は楽しみで。僕が好きだったのは、苗を植えた後、ひょろひょろした緑が、風にそよぐ、あの光景。みんなで食べる昼食とか、コジハン——おやつのこと、コジハンっていうんですけど、それも楽しみで。大きなやかんにお茶を沸かして。ああ、いいですねえ。そうですね、今思えば。

僕が生まれたときに、じいちゃんが山にね、ヒノキを植えてくれたんですよ。大きくなってから使えるようにって。ああ、家を建てるとき。そう、結婚して、子どもも持って、それで家建てて……。自分に子どもが生まれてからは、子どもにもそういう経験させてやれるって、当たり前のように思って、ずっと、毎年、続いていくんだろうな、って思ってたけど。　山にもよく行かれてたんですね。　ええ、いつもじいちゃんが連れてってくれて。春にはコシアブラやゼンマイ、変なのとると、そりゃかだぐてうまくねえよ、ってじいちゃんが。秋にはホンシメジ、マイタケ、ナメコ……。　うらやましいです。すごい贅沢《ぜいたく》ですね。　はは、そうでしたね。

町役場のある辺りは、のどかな初秋の日差しの降り注ぐ、緑の多い住宅地だ。いい天気ですね。途中の道でも、家々にね、ぽかぽか陽が当たって、ずいぶん落ち着いた、しっかりした家が多いなあ、って思いました。　そうですか。　それで、庭先とかに、三輪車とか、ジョウロとか、置いてあったりしているし、ほんとうに普通の生活が続いているみたいな錯覚が起こって。　でも、人間がいない。　そう、ひとだけがいない。

避難指示が出てから僕の家族はずっといわき市にいて、僕もここにこうやって時間かけて通勤するようになったけど、もともと実家はすぐそこなんですよ。ほら、途中通ってきた、木戸駅の……。　ああ、そんなことおっしゃってましたね。　そう、高校のときも、木戸駅から電車通学してたんです。近いから、電車が来るな、って思ったとき家を飛び出しても間に合ったんです。　それはすごい。　ふふ。僕の部屋は二階にあって、海が見えるんです。火力発電所の大きな煙突も。夜になれば、昼間は聞こえない、火力発電所が煙出すときの音が聞こえるんです。ぼうって。煙突が煙吐くんです。真夏になると窓開けて寝るんだけど、海からの風が寒いくらい涼しくて、いつも、腹にタオルケット掛けて寝てたなあ。目に浮かぶようです。

やっぱり、海が好きなんです。嫌いになれない。ええ。ええ。

湖川の傍にある地名

大洞　だいどう　88

確かにそこはそういう地名であるはずなのに、そして新しい地名に変わった、という話もなさそうなのに、地図に載っていないというのはどういうことだろう。赤城山の山頂に辿《たど》り着くまで、ぼんやりと不思議に思っていた。なので、車を停めようと(後ろめたいがなんとなく車で登ってしまったのである)駐車場を見つけたとき——改めて見るとそれは大洞駐車場というのだった——やはりここは大洞と呼ばれるのだ、たとえ地図に載っていなくても、と妙な納得の仕方をした。さらにバス停の名にもそれが残っていることに気づいた。

最初に大洞という地名を見たのは、志賀直哉関連の文章であった。彼は一時新妻と赤城山山頂大沼の畔《ほと》り、大洞で静養の日々を送り、それが名作『焚火《たきび》』等短編の舞台になった（『焚火』には直接その地名は出てこない）。そのときは、山頂の爽《さわ》やかな描写が続く短編なのに、どこか大きな洞穴でもあるのだろうか、と漠然と思った。それからまた目にしたのは、田中阿歌麿《あかまろ》著『湖沼めぐり』という本のなかだった。湖沼学者（！）の著者は、調査研究のため、一八九九（明治三十二）年を皮切りにして日本の様々な湖沼を幾度も繰り返し訪れているのだが、この本はその最初の旅を追憶するような体裁で書かれている。科学的な数字の勝った論文と違い、現地の風俗や出会った案内人のユニークな言動が記されているエッセイで、イザベラ・バードの『日本奥地紀行』を彷彿《ほうふつ》とさせるのは、ヨーロッパ生活が長かった著者の視点が、無意識に「日本観察」をしているからだろうか。

東京を出発し、高崎経由、両毛線に入って間々田《ままだ》に着く。当時は足尾鉄道（明治四十四年開業）もまだなく、間々田から乗り合い馬車で水沼まで。水沼の待合所で人夫を雇おうとするが皆出払って果たせず、「まゝよ独りでもと自分で荷物を背負って、其処《そこ》を出発したのはもう三時頃であった」。そんな時間から登山を始めるのは無謀じゃないか、と少し心配に（読者である私が）なる。歩く道は「地盤の露出した崖路《がいろ》」、しばらくすると「広々とした裾野《すその》」、やがて「人家は絶えて見渡す限り茫々《ぼうぼう》たる草原で、目の前にはたゞひと筋の道が通じているばかりである」。

自分のたどったのと同じ道を、百二十年ほど前にたどったひとの、生き生きとした描写を読むことは、心からの喜びだ。百二十年の時間の折りたたみを体験するようである。彼はそこで浅茅《あさぢ》ヶ原《はら》の鬼婆《おにばば》のいるようなあばら家を見つけ、道を訊《たず》ねようと戸を開けるが、ボロ切れのような布団《ふとん》が一枚あるばかり。やがてその布団がごそごそ動いて中から老婆が顔を出すのだが、これはとても親切なおばあさんであった。途中を端折《はしょ》るが、彼は結局そのまま山を登り続け、案の定雨雲に追いつかれ、びしょ濡《ぬ》れになり、夜も更《ふ》けて這々《ほうほう》の体でようやく山頂の「大洞」にたどり着く。そして猪谷《いがや》旅館に泊まり、翌日まだ館林《たてばやし》中学の生徒だった旅館の息子、猪谷六合雄《くにお》を助手に、湖の調査をする。それは志賀直哉が『焚火』で描いた初夏の年よりも十数年前のことだ。それがわかるのは、『湖沼めぐり』では館林中学の生徒だった猪谷六合雄が、『焚火』では旅館の主人Kさんとなっているからだ。

この猪谷六合雄は実は日本のスキーの草分け的な存在で（中学校の頃、見よう見まねで自らスキー板を作った）、この後六年ほど千島・国後《くなしり》に渡って過ごすなど、自由奔放に生きた人物だ。著書に『雪に生きる』がある（だがこの『湖沼めぐり』での出会いから数十年後、田中阿歌麿が国後に調査旅行した年が、ちょうど猪谷が彼の地で旅館のような仕事をしている時期と重なり、泊まるところは他にほとんどないのだから、田中はそこに滞在したに違いないのに、お互いそのことを一言も書き残していないのは変だなあ、と以前から疑問に思っている。子ども時代の猪谷の張り切りぶりを田中阿歌麿が可愛《かわい》く思って「先生」を連発して描写していたのを、揶揄《やゆ》されているように感じ、猪谷はあまり面白くなかったのだろうか。私の長年の心配事の一つだ）。

大洞というところは、昔から正式な地名とされていなかったのか、与謝野鉄幹主筆の『明星』（明治三十七年七月号）に、赤城山行き（避暑旅行）の社告が出ているのだが、「一、日限は往復五日間とし、雨に関せず八月二日午前六時東京上野停車場を発し、前橋にて下車、前橋より赤城山中『大洞』と称する地に向ひ……」と書かれている。称する地、という書き方が気になる。

赤城山山頂付近は、確かに志賀や田中阿歌麿が当時描写しているような、高原の爽やかさの名残が感じられるところだった。それにしても大洞という名前は……と考えていて、ふと思いついた。大沼湖はカルデラ湖だ。爆発後の、まだ水の貯まらない、大穴の開いた状況を知っている人間が言い習わした名まえなのだとしたら。

とても古い地名だということになる、けれども。

海ノ口・海尻　うみのくち・うみじり　89

もう十年以上になるだろうか。取材のため、山梨県の韮崎《にらさき》にときどき行くようになってから、しばしば佐久《さく》往還という言葉を耳にするようになった。文字通り、甲府の北に位置する韮崎から、信州佐久平の岩村田までを往《ゆ》き来《き》する街道である。八ヶ岳の麓、須玉《すたま》あたりまでは塩川に沿って、八ヶ岳を離れてからは千曲《ちくま》川に沿って走っている、今の国道141号線がそれにあたる。

佐久という土地は、それまで関越道を北上し、途中上信越道にシフトして軽井沢を過ぎ、上田へ向かう手前に見えてくる、そういう順番で行くところのように思っていた。奥秩父《おくちちぶ》の山々を真ん中とすれば、反時計回り。

しかし、この佐久往還ルートだと、東京から（同じく奥秩父を中心とすれば）時計回りで佐久に到達することになる。それは新鮮でしかも想像するだに魅力的な道に思え、行ってみるとやはり風景の清々《すがすが》しい、気持ちの良い道だった。今ではその周辺に縁のできた一年ほど前から、幾度もこの街道をたどっている。

塩川に沿って走っているうちは比較的平坦《へいたん》だが、須玉まで来て塩川とも分かれ、野《の》尻抱影《じりほうえい》のエッセイにも出てくる若神子《わかみこ》辺りから急激に坂道になってきて一気に清里あたりまで上り詰めれば、あとはわりに緩やかなもので、野辺山高原ではゆっくりと八ヶ岳の、特に赤岳・横岳の景色を楽しむことができる。この辺りには高原野菜を売っている店が多く、地元のキノコに混じって一度岩茸が売られているのを見たときは、心底びっくりした。

岩茸は名に反してキノコというより苔のような外観で、高地の霧の多い断崖《だんがい》絶壁に着生している地衣類である。生育が非常に遅く、十センチ育つのに数十年かかるといわれている。霧が多いところであるのが肝要なのは、湿度を必要としているからだが、ロープ一本で宙吊《ちゅうづ》りになりながら採取しなければならない採り手には、霧は周囲がよく見えず、しかも滑りやすくなるという悪条件でしかない。仙人の食品といわれているのも無理はないが、そういうものが自分と縁があるとはまったく思っていなかった。思っていなかったが、乾物になり、安価で売られているのを見て、思わず買ってしまった（が、未《いま》だに食していない）。その他にもイナゴとかザザムシとか、海が遠く、たんぱく質をとることに苦慮した信州ならではの食材も多くある（清里から野辺山に入るまでに、甲州から信州へ入ったのである）。そう、信州には海がない。

だから野辺山高原を北上して、やがて曲がりくねった峠道を、標高にして三百メートルほど下り、海ノ口という地名を初めて目にしたときは、え？　と思った。しばらく走ると、今度は海尻という地名が出てきた。海の始まりと終わり。いつの間にか海を走りきっていたのである。太古、信州一帯が海であったという話を元にしているのだろうか……まさか。

帰宅し、改めて調べると、平安時代に編纂《へんさん》された歴史書『扶桑略記《ふそうりゃくき》』に、仁和三年七月三十日（八八七年八月二十二日）、五畿七道《ごきしちどう》諸国を揺るがす地震（南海、東海大地震？）が起こり、信濃国の大山が崩れ、巨大な川が溢《あふ》れ流れ、牛馬男女の流れ死すものが丘をなした、という記述がある。昨今の研究ではこのときの地震で、北八ヶ岳の稲子岳等で山体崩落が起き、千曲川をせき止め、海と呼ばれるようなダム湖が出来たのだという説が有力なのだそうだ。しかしその湖も百三十三年後に決壊し（それよりも大きな湖も佐久寄りに存在したが、そちらは一年も持たず早々に決壊、当然のこと大洪水となり、凄《すさ》まじい奔流が千曲川の流域を長野市のあたりまで押し寄せていった、その「記録」が地層に残っているらしい）、跡には百三十三年の間についた地名、海ノ口、海尻が残った、というわけらしかった。それだけではない、海ノ口湊神社という名も、この「海」に無関係ではないだろう。しばし、水上交通が盛んになったのだろう。必要とされて新しい商売も起こったに違いない。海ノ口で渡し舟に乗り、海尻で降りる。物流も人馬も、船なしでは立ち行かなかったのかもしれない。

海とは縁遠い山間《やまあい》の地に、突如現れた巨大な水の溜《た》まりを、海と呼んだ人びとの心情。それから千年以上経ってもその地名が廃《すた》れずに残っていることに、不思議な感慨を覚える。

自分の先祖がそれに関わっているわけでもないのに、この感慨はどこから来るのだろう。いろいろ考える。やはりそれは何か、昔馴染《なじ》みの旅情のようなものが、時をめぐって掻《か》き立てられる、という状況に近いのだと思う。

湊・川岸　みなと・かわぎし　90

諏訪湖の西方、フォッサマグナの西端に当たる山々の崖下から、湖の岸辺までの辺り（その間を中央自動車道が走っている）が、旧湊村、岡谷市湊地区である。湊、という名前は、いかにも昔からありそうだが、一八七四（明治七）年の小坂村、花岡村合併時に生まれた。当時は筑摩県（明治四年から明治九年まで存在した。県庁は、今の松本市の松本城にあった）に属し、漁業を生業とする住民が多かったゆえの地名なのだろう、湊村は一八八九（明治二十二）年の町村制施行時から、一九五五（昭和三十）年岡谷市に編入されるまで、村として単独の自治体であった。そのさらに西に一部隣り合うようにして川岸地区がある。湊村と同じ変遷をたどって、川岸村となり、やがて岡谷市に編入された。

中央自動車道は、南アルプスを大きく迂回《うかい》して、岡谷ジャンクションを二等辺三角形の頂点とするように折れ曲がっている。その頂点から伸びる二つの「辺」のてっぺん部分が、湊地区と川岸地区である。川岸地区の川、とは天竜川。諏訪湖を真上から見て、ほぼ四角形とすれば、その左上の角のところを絞り出し口のようにして、天竜川が流れ出しているのだ。その天竜川の川岸であるから、川岸。川岸駅という立派なJR中央本線の駅もある。諏訪湖水運の湊のような地区であるから湊。二つとも、羨《うらや》ましくなるくらい正々堂々とした地名だ。

湊地区の湖岸沿いの道路は県道16号線である。その西側、高台の静かな住宅街には、16号線と並行するように細い旧道が走っている。先日、この旧道をゆっくり歩いてみた。

旧道らしく川の流れのように右に左に曲がっている。古い土蔵や漆喰壁の建物などが続く、いかにも街道らしい町並みだ。そこからまた細い路地がいくつも山へ向かって伸びている。車も通らないような路地の両脇にも家々が連なっている。歩いていると、堅牢《けんろう》だが古い造りの倉庫の壁に、「漁具一式」と大書されてあるのを見つけた。昭和の初めくらいまでは、この旧道までが湖であったのだと、宿に置いてあった出版物には書いてあったが、これを見ると、まさにここからすぐに漁に出たのではないかと思われた。

この一帯で有名な神社はもちろん諏訪大社で、私自身正月のたびに上社や下社など、諏訪湖をぐるりと回るように詣《もう》でていた時期もあったし、神長官守矢《じんちょうかんもりや》史料館など、興味をかき立てられる場所も多いのだが、この細い旧道沿いにも、縁起を知りたくなるような神社が次々に出てくる。

高台にヒヨドリの鳴き交わすこんもりした鎮守の森を持つ、日吉神社。全国にある日吉神社は皆、比叡山に縁のある山王信仰に基づく神社だと思っていたが、この諏訪大社の縄張り（？）のような地に、しかも石段を上ったところには、ちゃんと諏訪神社らしく御柱《おんばしら》まで建ててある……というのがよくわからない。すごく仲良くしている、ということだろうか。だとしたら、和を以《もっ》て尊しとなす、日本精神の鑑《かがみ》のような神社だ。細かいところにこだわらない、ということだったら、ある種のゆるさこそが平和共存の鍵《かぎ》、という深い教えを体現しているのかもしれない。

名前の迫力がすごいのは、魔王天白飯縄《まおうてんぱくいいづな》神社だ。名前の凄《すご》さのわりには、神社自体は祠《ほこら》を少し大きくしたくらいの規模で、それでも数年前までは、異様にこんもりとした木々が茂っていたものだったが、このときはその木々が、まるで御柱が乱立しているように幹だけにされ、それはそれで異様な光景になっていた。いつも迫力に押されてしまって、未だに詳しい縁起はわからない。

さらに歩いていくと、白波社がある。名前からして、昔はこの辺りが湖の波に洗われていたと思われる。鳥居横に、低く小さく注連縄《しめなわ》の張られた場所があり、その奥に、さして大きくもないが小さいともいえない岩が置いてあった。由来書きの立て札によると、大洪水の後、この岩の上に祠が流れ着き、それを縁としてこの辺りの鎮守にしたとのこと。さらに当時この辺りは葦《あし》が茂っていて（やはり湖岸だったのだと意を強くする）、岡谷市の神社の神事では、この葦を使う習わしだった。ある暑い日に葦刈りをしていた神主が、烏帽子《えぼし》をこの岩の上に置いたことから、烏帽子石という名がついたという。神主、と単数で書いてあったが、もしかしたら、葦刈りは神官たちの合同行事で、岩の上に次から次へと烏帽子が置かれたのではないか。それが毎年の恒例のようになり、その岩は烏帽子を置く場所として認知されていったのではないか、とぼんやり考えた。暑い日で、セミが鳴いていた。一休みのため、背中のリュックを岩の上に下ろしたかったが、彼らほどの大胆さは私にはなかった。

行方　なめがた　91

ひとが歩く陸地の延長線上のように、水場で作業をする、ぶらぶら水上散歩をする、そういう道具としての、小さな「浮かぶもの」に、ずっと興味を持っていた。まだ見ぬ新天地を夢見て一大決心をし、大洋に乗り出す、というような大仰な動機ではなく、作っている途中の昼ごはんに、ちょっと薬味が欲しい、と裏庭に葱《ねぎ》や山椒《さんしょう》を摘みに足を運ぶ、そういう気軽さで使うようなもの。平底の、たらいのようなものであったり、縁の立ち上がらない、いかだのようなものであったり。もう少し工夫された、一人乗りのカヤックのようなものも。そのうち、やはりひとは昔から、今いる場所での必要に応じて、必要な形の「浮かぶもの」を作ってきたのだと知り、機会があれば各地の「浮かぶもの」について――意識して研究してきたわけではないけれど――人並み以上の好奇心と興味を持って、熱心に聴いてきたりした。

そのなかで霞《かすみ》ヶ浦《うら》の帆曳《ほび》き船は、独特のうつくしさと実用性で群を抜いていた。たいていの「浮かぶもの」は、今より情報もなく、地方間での知識の共有もままならない時代から、地元で簡単に入手できる材料を使って、誰がいつ、最初にそれを作ったというような記録もないまま、使われてきたものである。

しかし霞ヶ浦の帆曳き船は違う。考案したひとの名前と時代がはっきりわかっているのだ。そしてそれを伝播《でんぱ》した人もその場所も。

「かすみがうら市公式ホームページ」によれば、帆曳き船を発明したのは一八三四（天保五）年生まれの漁師、折本良平。そもそも彼の家は藍染《あいぞめ》屋だったが、困窮していたのか、良平は地元の網元のところで曳子《ひきこ》として働いていた。ほんとうに頭のいい人だったのだろう、一八八〇（明治十三）年、凧《たこ》のように風を受けた帆の揚力を利用し、帆桁《ほげた》からの何本かのつり縄（このつり縄のそれぞれの位置が重要）と直接つながった網で、底を攫《さら》うように移動する帆曳き船を発明した。これによって、今まで一回の漁で二十人以上の人手が必要だったのが、二人で済むようになった。より手軽に、家族単位でできる漁になったのだ。今なら専売特許をとってもおかしくないが、良平は共同体のなかで生まれ育った「一人占めしない」精神の持ち主であったのだろう、皆が同じものを作ることを許し、操業技術も惜しまず伝えたから、あっという間に霞ヶ浦では、湖面のあちこちに、このうつくしい帆が雄大に張られる光景が見られるようになった。

他の帆掛船にない、タカラガイのような優美な丸みを帯びて、優雅に風をはらんだところは、古代希臘《ギリシャ》の神々のローブを思わせる。しかもそれと同じ「丸み」を、水面下で水圧を受けた網がはらんでいて、ダンスをするように水面を凧の原理で横に走る。船に乗っている人は、「いい風がくると、船が滑るように水面を流れていく、と感じる」そうである。このスピードはだてではなく、素早く回遊するシラウオやワカサギを捕獲するのに必要なものであった。

　この帆曳き船は、昭和四十年代までは現役で働いていたが、今は観光船として見学することができる。運航している行方市は、霞ヶ浦（北浦も含め、周囲の幾つかの湖沼全体を霞ヶ浦と呼ぶ場合もある。その場合は最大の湖を西浦と呼ぶ）と北浦を両脇《りょうわき》に抱えた、古くからある町である。

　ぜひ帆曳き船を見に行きたいと思い、行方市を調べた最初のときまで、うかつにもこの地名の読みを「ゆくえ」だと思っていた。「由良《ゆら》のとを　渡る舟びと　かぢをたえ　ゆくへも知らぬ　恋の道かな」という古い和歌が頭のどこかにあって、水辺には素敵な地名だな、とずっと思っていたのだ。が、豈図《あにはか》らんや、この地名は「なめがた」と呼ぶのだそうである。古代、天皇《すめらみこと》が東国巡狩《じゅんしゅ》の際、この地方の水辺や陸地が絶妙に入り混じっている様を見て、行細《なめくわし》の国、と称するように、といった。『常陸国風《ひたちのくにふ》土記《どき》』にそう記録されているということである。なめくわしが、のちに転訛《てんか》して、なめがたという読みになったらしいが、本当だろうか。茨城県には他にも古くから、「行田（なめだ）」「滑川（なめかわ）」、「ナメシ」という字名もある。何か、私たちの忘れ去った古代からの情感が、このことばに込められているのかもしれない。

この画期的な帆曳き船は、その後坂本金吉によって、一九〇二（明治三十五）年から一九〇七（明治四十）年頃、秋田県の八郎潟に伝えられ、そこでさらに改良が加えられた。坂本金吉は、歌手・坂本九の祖父だという。

潮来　いたこ　92

岩本素白《そはく》は一八八三（明治十六）年、東京の生まれだが、近くも遠くも散策を好み、途中目にした光景を随筆に書き残している。彼の書く「東京」は、どこか江戸の風情《ふぜい》を残していて、読んでいるといつの間にか、経験したことがないはずなのに、仕舞屋《しもたや》の格子戸《こうしど》の並ぶ路地、そこを抜けた先にある小さな鎮守の杜《もり》などに迷い込んでしまう。

その彼の曰《いわ》く、「若いおり、しきりに利根川べりを歩き廻って、銚子《ちょうし》から香取、鹿島、佐原、潮来、牛堀、麻生《あそう》と、河や湖水の持つ、淋しさ静けさ暢《の》びやかさに浸って居たものであった」（「狂多くして」『素湯《さゆ》のような話』ちくま文庫）。

そこで思い出すのは、グレアム・スウィフトの『ウォーターランド』（新潮クレスト・ブックス）のこと。あの小説もまた、フェンズと呼ばれる東イングランドの沼沢地にまつわるもので、こちらは水に絡《から》む歴史や人間の業《ごう》が重厚に描き出されていて、素白のほうが土地に対する思い入れははるかに淡白ではあろうが、なぜか、共通する志向があるように思われてならない。私自身若い頃、『ウォーターランド』が出版されるずっと以前に（つまり、かの本を読む前から、といいたい）フェンズに惹《ひ》きつけられ、通った経験があるが、あの辺りと素白のいう「利根川べり」は、受ける印象として、似たようなものがある。

それは、空が広い、ということ。水気を含んだ土地が、今にも雲を呼び、水を降らせる空と交合せんばかりに互いが互いを映し合っている、そういう印象。もちろん、町もあり、道路もあり、湖川ばかりではないのだが、それでも大気のダイナミズムはすぐ近くの海の影響も受け、独特なのだ。

潮来市は、霞ヶ浦、北浦、常陸利根川などに接する、この水郷地帯の都市である。けれど直接海に面しているわけでもなく、ことさら海の潮に影響を受けるような地勢でもないのに、なぜ潮来なのだろう、とずっと疑問に思っていた。

『常陸国風土記』によれば、古代は板来という表記だったらしい。「崇神《すじん》天皇の御代」に、東征の命を受け、建借間命（タケカシマノミコト）がこの辺りの平定に向かった。風土記といえど、為政者側の記録なので、地元で中央の勢力に抵抗する人びとのことを、国栖《くず》の民、と呼んでいる（国栖は、『日本書紀』や『古事記』にも奈良の吉野の先住民として記録があり、尾のある民のように書かれている。どこかの国の大統領のように差別意識丸出しで、権力にまつろわぬ人びとを、土蜘蛛《つちぐも》とか夜刀神《やとのかみ》とか、自分たちとは違う異形の者として扱う）。その常陸の国栖の民をまとめていたのは夜尺斯（ヤサカシ）と夜筑斯（ヤツクシ）の二人で、竪穴《たてあな》を掘り、小城を作って住んでいたが、軍が来るや一族で立てこもり、出てこなかった。そこで一計を案じた建借間命は、七日七晩大勢で歌って踊りつづけ、ついにその楽しそうな歌舞音曲につられて出てきた「国栖の民」を討ち滅ぼした。痛く討った、というので地名を「いたく」（伊多来↓板来）にしたのだ、という。「国栖の民」は老若男女《ろうにゃくなんにょ》、家族で楽しそうに浜に出てきて踊り始めたというのに、その隙《すき》に住処《すみか》を封鎖し、背後から討って火をかけたのだ、と、手柄顔に語るところがいやらしい。「国栖の民」は、「彼らは敵としてやってきたひとたちだが、もう殺気もなくあんなに楽しそうにしているし、これで打ち解けて仲良くやっていけるのではないかな」、と期待しながら出てきたのかもしれないのに。

いや、そうに違いないのに。ヤマトタケルが熊襲《くまそ》を討つときも、女装して宴席に侍《はべ》り、仲良くなったところで隙を見て殺したのだったが、これもまた卑怯《ひきょう》な、いやな手である。騙《だま》し討ちということだ。

そして長く「板来」であった表記名が、潮来に変わったのは、元禄《げんろく》に入ってから。水戸藩主、徳川光圀《みつくに》の思いつきらしい。『新編常陸国誌』によれば、鹿島の潮宮《いたのみや》の読み方を面白がった（この地方の方言で、凪《なぎ》のときの海の潮目が木目のように見えることから、潮をイタと呼ぶという）光圀が、それならばこれから、板来を潮来と記すように、と、勝手に変えてしまったのだそうだ。何《いず》れにしても、為政者側の好き勝手が続いたわけだ。そしてそれは、潮来に限ったことではないだろう。

だがそんなこととはまるで関り合いなく潮来の空は広く、水郷の地の、素白の言葉を借りれば「淋しさ静けさ暢びやかさ」は悠久の昔から変わりなく、人びとは貝をとったり、空を見上げて雲の動きを目で追っていたりしたのだろう。地名のつく、ずっと以前から。

子ノ口　ねのくち　93

十和田湖に流入する河川は多いが、流出していくものはただ一つで、それが有名な奥入瀬《おいらせ》川である。十和田湖畔の港でもある子ノ口から、森の間を抜け、いくつもの滝で支流を合流させ、たどり着く焼山《やきやま》までの十四キロほどが、奥入瀬渓谷。この渓谷を抜けてからもまだ川は続き、最後は八戸《はちのへ》近くで太平洋に注いでいる。昔、十和田湖は交通の便が甚だ悪い秘境で、人びとのほとんど近づかぬその水はあまりにも清冽《せいれつ》、水清くして……の譬《たと》えの通り、生き物といってもイモリ（両生類）やサワガニ（甲殻類）ほどしか棲《す》むことができず、魚類は本当にいなかった。明治中期頃、近隣住民のたんぱく質摂取の必要から、ヒメマスなどの魚類を移植するようになった。

だが奥入瀬川には、魚はいたのである。それが、十和田湖まで遡《さかのぼ》らなかった理由は、銚子《ちょうし》大滝である。これが魚止めの滝（あまりに高度があり、魚が上れない）となっていた。そこで銚子大滝の横に魚道を作ったところ、海から遡上《そじょう》してきたサクラマスが十和田湖まで入るようになり、先に移植していたヒメマスを捕食するようになったので、魚道を壊し、遡れないようにした。

しかしこのとき湖に取り残される形になったサクラマスは未だに十和田湖の中に棲《せい》息《そく》し、流入河川を遡って産卵、海に見立てた十和田湖で回遊しているらしいのだ。そして、なかには海を泳ぐ本種とそっくりに、鼻曲り（繁殖期の雄の特徴的な顔）も見られるとのことである。

銚子大滝は、ちょうど標高の高い十和田湖から流れた水を低地へ注ぐような形になっており、それで銚子（酒を注ぐ容器）と呼ぶのだろうことは推測がつく。ではそれより手前の、十和田湖のとっつきのところの地名、「子ノ口」の地名はどうしてついたのだろうか。

確実な地名由来を語る文献は残っていないが、子、が文字どおりネズミを表すなら、地下を象徴する国への入り口、ということだろうか。根の国。確かに渓谷沿いは、深い地下水の匂《にお》いが充満しているけれど。

それとも反対に渓谷沿いからこの十和田湖へ、やっとの思いで抜けてきた人びとに対して、ここから先は魚も棲まない秘境の国である、という宣言（脅かし？）の意味があったのだろうか。

犬落瀬 いぬおとせ 94

奥入瀬川沿いに車を走らせていたら、六戸《ろくのへ》の辺りで、「旧苫米地《とまべち》家住宅」という古民家が公開されているのを見つけた。「奥入瀬川流域で現存している最古の住宅」だという。見学すると江戸後期に建てられたものらしく、格式があることはわかるがシンプルで潔《いさぎよ》すぎ、これで東北の厳しい冬を乗り切っていったのかと思うと身の引き締まる思いがする。きっともっと様々、暮らしの工夫があったことだろう。そんなことを思いながらその敷地内の、道の駅とコンビニの合体したようなところで、地元産のサイダーを飲んだ。レジでもらったレシートにさりげなく目を落とすと、住所に六戸町犬落瀬とある。びっくりして、思わずレジのお嬢さんに、(あまり失礼にならないように)「面白い地名ですねえ」と話しかけた。「はあ、そうですねえ」「由来とか、あるんですか」「昔、殿様が通ったときに犬が川に落ちたみたいですよ」「はあ」。

もちろん、それだけで納得できるものではない。帰宅して、六戸町のホームページを見ると、複数の伝説があるようで、特に長慶天皇(南朝第三代)が南朝の勢力を立て直すため、密《ひそ》かに東北へ来ていた、という言い伝えに関する様々な「証拠」は、それぞれ面白かった。長慶天皇がこの地を訪れたとき、たまたま相坂川（奥入瀬川の旧名）に白い犬が落ちた。天皇がそれを哀れんだので、犬落瀬の里、と呼ぶようになった、というものがその一つ。犬落瀬の由来としては他に、この川の瀬で、誰かが犬を追っていたので犬追う瀬が変化して犬落瀬になってしまった、というものも。さらには、この川の川上と川下にそれぞれ爺《じい》さんが住んでいて、一人は人のいい爺さんで、可愛がっていた犬に、「ここ掘れワンワン」のような便宜を図ってもらい、幸せな毎日を送っていたところ、それを妬《ねた》んだもう一人の爺さんに犬を盗まれ、いうことを聞かなかった犬は、川に落とされ、殺された（その後、やはり「花咲か爺さん」のような展開になり、最後には勧善懲悪でおわる）ので、ここを犬落瀬と呼ぶようになった、というもの。どれもこれも、やはり不思議な地名が目の前（？）にあって、なんとか自分のなかでその「不思議さ」に決着をつけたい、という切実さをひしひしと感じる。ほんとうに、真実はどうだったのだろう。

開発・浮気　かいほつ・ふけ　95

琵琶湖大橋の東端から、琵琶湖沿いを北方向へ行くと、やがて右手に沼のような、運河のような水域が見えてくる。琵琶湖は左手である。そこからもっと北のほうでカヤックをするため、この道を通っていた頃、それがいつも不思議でしょうがなかった。水場である以上、こんなに近くに水場の親玉の琵琶湖があるのだから、最終目的は琵琶湖に向かうようにできていると思われたし、その「水域」の細長い形態も、そのためにあるように思えるのだが、それはどうも琵琶湖に通じているわけではなさそうなのだ。水は動いていないから、川でないことは確か。両脇には木が生い茂り、あるときなど川面《かわも》にウォーターヒヤシンス（ホテイアオイ）が薄紫の花を一面に咲かせ、カワセミがその上を飛んでいくのが見え、ますますこの「水域」に心惹かれた。昔からある内湖の一種だろうか。いや、そういうわけでもなさそうだった。内湖なら、もっと、堂々と地元に溶け込んでいると思われた。だがその「水域」には、なんというか、誰にも構われない、翳《かげ》りのようなものがあったのだ。それで一度、カヤックを浮かべて奥のほうまで漕《こ》いでみた。周囲は藪《やぶ》で、緩やかなカーブを描いて上流（？）へと進めば、すぐに行き止まりになった。なんともいえないやるせなさが募る。ほんとうにこれでいいの？　何がしたいわけ？　どうなりたいの、ほんとうは、と、水に向かって訊《き》いてみたかった。

その「水域」から北へ行ったところに、野洲《やす》川が流れている。琵琶湖を漕いでいるときは、琵琶湖流入河川のなかでは一番長大な、この野洲川の河口近くに来ると、カヤックを大きく湖の内側へ回り込ませていたことを覚えている。水流で蛇行させられる前に、自主的に河口の流れを避けるのだ。その野洲川も、見るたびずっと違和感があった。どこがどうとはいえないけれど、川ってこんなものじゃないはず、と。

数年後、その疑問が氷解した。野洲川について本格的に調べていた過程で、あの野洲川の河口は本来のものではなく放水路、四十年前に竣工《しゅんこう》した人工的な水の道であったことがわかったのだった。本来の野洲川は、河口のずっと手前、浮気の辺りで、北流、南流と、二股《ふたまた》に分かれていた。上流の鈴鹿山脈から流れてくる土砂で、広い三角州ができていたのだった。新しい放水路は、その三角州のほぼ中央を貫いて作られていた。度重なる洪水で、おびただしい被害を受けていた住民の訴えで、県が実施した改修工事というのがこれだった。北流、南流の二本の旧野洲川は、その八年後、廃川となった。私が漕いだ「水域」は、その昔の南流の成れの果てだったのだ。北流も南流も、埋め立てられているところも多く、放水路を作るために転居したり田畑を移動せざるをえなかった人びとが、新しく耕作を始めていた。

南流の流れていた辺りは現在洲本《すもと》町になっているが、一八七五（明治八）年までは、開発村といった。かいほつ、と発音するのはずいぶん古い地名故《ゆえ》なのらしい。古語辞典にも開発と書いて、かいほつと読ませ、未開拓の原野を切り開いて耕地化すること、と出ている。よほど昔から、苦労してこの三角州を耕地にしてきたのだろう。浮気という面白い地名は、角川日本地名大辞典によると「水気を漂わす水沢の地」という意味だとのこと。野洲川の伏流水が湧《わ》き出る場所で、水蒸気がふわふわと浮いているように見えるからそう名付けられた、という説もあるらしい。

その後、真夏に、南流の跡を辿って歩いた。オオヨシキリの声が姦《かしま》しく、まるでこの世のものとも思われない騒々しさで、それが何かのはずみにしんと静かになる。強い夏の日差しと、青い空の向こうに湧き立つ白い入道雲。川はないけれど、水辺の匂いがしている。それが痛々しくて、少し切ない。昔の野洲川の破片のようなものを拾った気になった。きっと子どもたちは、川のほとりで、こういう青空や入道雲やオオヨシキリの声を背景に、夏休みを過ごしたのだろう。川魚を採ったり、トンボを追いかけたり。子どもの声など、今はまったくしないけれど。

川は生きものである。廃川、とはなんとものがなしい響きがすることばだろう。

岩波写真文庫の琵琶湖の巻を見ていたら、見開きに昔の琵琶湖の写真が出ていて、息を呑《の》んだ。北流、南流に分かれた野洲川が、はっきりと写っていた。北流も南流も、しっかりと琵琶湖に届いていた。暴れん坊の、近江《おうみ》太郎・野洲川。思わず涙が滲《にじ》んだ。

小河内　おごうち　96

青梅街道を車でずっと西へ走ると、やがて青梅市に行き着く。

七月の終わり頃だった。車を降りて町を歩けば、さすがに涼しい青梅といえども、炎天下の日差しは、ガンガンと暴力的なほど。駅周辺は昭和の時代をモチーフにしたテーマパークのようで、「それ（昭和）を意図したもの」と「そうでなくて昭和そのもの」が渾然《こんぜん》とした、不思議な浮遊感を感じさせる。懐《なつ》かしく、でも地に足が付いているのか、いないのかわからない浮遊感。

さらに多摩川渓谷に沿って奥多摩湖方面へ。渓谷に沿った街道筋には、やはり昭和、もしくはそれ以前を思わせる建物が散見されるが、これは自然に残っているもので、引き起こされるのは真正のノスタルジア。渓谷に差し交わす木々の緑の景色も、そうそう昔と違ったものでもないだろう。子どもの頃の行楽がデジャビュのように何度も胸をよぎった。

途中、パーキングのサインにつられるようにして車を停め、古い石段を川へと降りる。河原には、こんなものが上流からごろごろ流れてくるとは信じられないような大り下岩が、それこそごろごろとあり、洪水でこれらが、飛沫《しぶき》とともに怒濤《どとう》のごとく駆け下りてきたさまを想像すると、なんというか、しゅんとしてしまう。渓流沿いに、鮎《あゆ》の塩焼きを食べさせてくれる店があり、中に入って注文する。席は流れに面して設《しつら》えてあったので、仕方なく大岩を見てはしゅんとしながら、運ばれた鮎を食べる。焼き立てで、身がほくほくとしている。それからまた車に戻る。

湖の通称は奥多摩湖だけれども、正式名は小河内貯水池。小河内ダムによって作られた人造湖であり、このダムを作るために、小河内村は湖底に沈んだ。

以前清里の外れにおいしいお蕎麦《そば》屋があると聞かされ、訪れたことがあった。地元の地区が運営する蕎麦屋だった。蕎麦の種を蒔《ま》くところから始め、客に供するところまですべてその地区の人びとが携わっている。彼らはもともと住んでいた村を小河内ダム工事で追われ、代替地の一つであるその地区へと移転してきたものの、農作物の収穫が難しい土地柄で、蕎麦を作り始めたのだと、そのときに知った。

彼らの故郷が、この湖底に沈む小河内村なのだった。小河内村は、大化の改新（六四五年）の頃にはすでに存在していた、歴史も由緒《ゆいしょ》もある村落だった。川が削り取った峡谷にひっそりと展開していたかつての村の写真を見ると、ここに小河内という地名がついたことも、感覚として納得できる。一九二六（大正十五）年に、ダムの選定がなされたときは、当然のことながら村全体で反対した。先祖代々の土地を、そうやすやすと手放せるわけがなかった。しかし度重なる「幾百万市民の生命を守り、帝都の御用水のための光栄ある犠牲である」との説得——全体のために犠牲になれ、という、戦前らしい全体主義の——に抗しきれず、一九三二（昭和七）年にやむなく了承、そこから長い混迷の年月が流れ、村びとの生活は翻弄《ほんろう》される。ダム建設反対運動に身を投じた一人の青年の死や、ダム建設に携わるなかで命を落とした八十七名の犠牲者を呑み込んで、このダム湖は完成した。

丹波山　たばやま　97

青梅街道は、まだまだ続く。その先の丹波山村もまた、一部の世帯が移転を余儀なくされたところだ。

街道と、谷底深く流れる川との落差はどのくらいあるのだろう。まるで、天空を走っているようだ。多摩川はこの辺りから丹波山川と呼ばれる。東京都から山梨県北都留郡丹波山村へ入ったのだ。丹波山の読み方では「たば」、であるが、この漢字の地名で有名なのは、やはり丹波国《たんばのくに》の丹波だろう。京都に住んでいた頃は、その西隣の亀岡市の方角を指して、丹波のほう、と呼んでいたこともあった。

丹波の地名由来として、そもそもは田庭《たにわ》と呼ばれていた、という説がある。田庭とは、周りを山に囲まれた、平坦な土地、という意味らしい。丹波山もまた、川沿いにそこだけポツンと開けた土地であるし、丹波も周囲を山に囲まれた、のどかな盆地である。こういう土地の概念化としての地名が、田庭から始まったとしたら、それをタバと読みタンバと呼ぶようになるのは、ありうることだろう。さらにタバが、タマに転じ、多摩（川）や玉（川上水）に、なった、と考えるのも、至極自然のような気がする。

丹波山村の中心部に入ると、道の脇に湧水が飲める場所も出てくる。丹波山川の水は清らかに透き通り、うつくしい。かつての多摩川も、この水がまっすぐに流れていったのだろう。山紫水明の地、というのはどこかものがなしい。

生保内・広久内　おぼない・ひろくない　98

田沢湖は、面積こそ日本の湖のなかで十九位（一位は琵琶湖）であるが、最大水深は四二三・四メートル、一番深い湖である。水面はさほど広いわけではないが、垂直に深いのである。北部に岩盤浴などの湯治で有名な玉川温泉があり、その稀《まれ》に見る強酸性の湯は玉川に流れ、田沢湖の東側を南流して幾つかの川と合流しつつ、日本海へ注ぐ。玉川は透明度が高い川だが、強酸性の「毒水」が入っているため、魚を含め、生き物が少ない川だった。

第二次世界大戦前夜、殖産興業の一環としてこの玉川の「毒水」を田沢湖に引き入れ、ダム湖にしようという計画が持ち上がり、それが実行された結果、固有種だったクニマスが絶滅した（この辺りの事情は『ふたつの川』［塩野米松著］に詳しい）。おまけに田沢湖を海とつないでいた唯一《ゆいいつ》の川、潟尻《かたじり》川への流出口を塞《ふさ》いだので、ウナギなどの海からの生物が入ってくることもなくなった。むちゃくちゃだ。豊かな水産資源を持ち、漁業も盛んだった田沢湖は、人間の貪欲《どんよく》のために瀕死《ひんし》の湖となってしまった。その深さが田沢湖の豊かさの源であった。当時の漁師たちはそのことを熟知していた。毎日膨大な量、湖に流入される玉川の水を目の前にしなければならなかった――その深さのレベルのどこまでを、今、「毒水」が蝕《むしば》んでいるのか、と我が身が削られる思いだっただろう――痛々しさに、言葉もない。その後水質に改良が加えられたが、決して元に戻ったわけではない。

生保内は、この南流する玉川が、（西流してきた）生保内川と一体化する、その合流地点一帯に広がる、田沢湖南東部の地名であった。

ナイ、という言葉は、北海道の地名（稚内《わっかない》、幌内《ほろない》、静内など）によく見られる、アイヌ語の「川」に当たる言葉であるが、東北でもまた、川の名前、その川が流れる土地の地名として数多く使われている。古く、由緒ある地名であることがわかる。

秋田県には、生保内のほか、檜木内、笑内（おかしない、と読み、アイヌ語では川岸もしくは川下に小屋のある川、という意味らしい）、広久内などの地名があり、白岩広久内村は、十八世紀、生保内村の親郷（年貢《ねんぐ》納入などの行政面を司《つかさど》る）であったことが記録に残っている。この白岩広久内村で起きた事件として、一八七九（明治十二）年三月八日付けの読売新聞に、樹齢数百年と見られる桜の大木を、試みに伐《き》ろうとした二人の木樵《きこり》の話が記事になっている。

この桜の木には精霊が宿っているとしてそれまで誰も手を出さなかったのだが、正月の酒を飲んだ二人の木樵が、この木を若木迎え（その年最初に木を伐る儀式）に使おうとした。もちろん精霊のいる昔のことだから、罰《ばち》当たりな木樵たちは無残なことになった（一人は押しつぶされて即死、もう一人は狂ってしまう）わけだが、記事のなかで目に付いたのが、「（この村は）山の麓《ふもと》で田畑が少なく」というところだ。だからこの村の大半の男たちが山仕事に従事している、そしてこの二人もまた、と続くのだが、思えば田沢湖の周辺の山々で働く人間の数は、今より圧倒的に多かったのだろう。それだけ山は手入れされ、育《はぐく》まれ、木々の保水力は豊かな水資源ともなっていったのだろう。精霊が尊ばれ（あの二人は尊ばなかったので記事になった？）、人間と自然が共存していた時代。

世界自然保護基金（WWF）のレポートによると、一九七〇年から二〇一二年までの四十二年で、地球上の脊椎《せきつい》動物の数は五十八パーセント減った。人間活動が及ぼす地球環境の変化が「大加速時代」に入ったのだという。人間のせいで、脊椎動物が、半分以下になったのだ。その年から八年が経《た》っている。大加速時代の八年である。さらにどれだけの動植物が絶滅に追いやられたことか。福島原発の海への垂れ流しは相変わらずだ。原発輸出などいいかげんやめてほしい。人類が一丸となって知恵を出し合い、この加速を食い止めねばならないときに。

はっきりいって絶望的だ。だができることを粛々とこなしていくしかない。

クニマスは絶滅した、と七十年間思われていたが、二〇一〇年、山梨県の西湖の深みで発見された。琵琶湖や西湖等の湖に、発眼卵を送っていたのが、西湖のみで繁殖していたことがわかったのだった。

生保内村は、一九五三（昭和二十八）年、町になり、一九五六（昭和三十一）年、田沢村、神代村と合併して田沢湖町となるが、大字《おおあざ》として残った。生保内は、アイヌ語で、深く、小さい川。今も流れている。玉川に、清らかな水を注ぎ続けて。

アイヌ文化由来の地名

蕪島　かぶしま　99

八戸《はちのへ》の駅を降りると、すぐに駅前のレンタカー屋に入り、初めての町の海辺へと向かった。このとき八戸には用事があって、それならせっかくだから当日より前に入り、以前から気になっていたところへ行こう、と思ったのだった。「用事」も心沈む類《たぐい》のものではないし、何より降ってわいたような「旅」だったので、心も弾む。行きたいと思って綿密に計画した旅もいいけれど、こういう「天の配剤」のような旅には、また違う気軽さと喜びがある。まずはウミネコの繁殖地として国の天然記念物に指定されている蕪島へ向かう。海岸線に近いとはいえ、文字通り島だったところを、一九四二（昭和十七）年、海軍と内務省が軍事施設を作るため、埋め立てて地つづきにしてしまったらしい。

今の蕪島は、面積が約一・八ヘクタールの、饅頭《まんじゅう》形の小山で、そこに三万から四万羽のウミネコがひしめき合って営巣《えいそう》している。これはすさまじいことである。ウミネコはカモメの仲間で悪食《あくじき》だ。テリトリー意識も強く、たとえ仲間の雛《ひな》でも、自分のテリトリーに入り込んできたとみなしたら容赦なく攻撃する。そういう質の種族が密集して生活すれば、当然のことながら阿鼻叫喚《あびきょうかん》の地獄が予想され、それはまた往々にして人に観察されるところのものとなる。同じカモメの仲間でも、ユリカモメなどは比較的のほほんとした顔をしているが、ウミネコはかなり凶相の部類に入る。名前の可愛《かわい》らしさに惑わされてはいけない。死骸《しがい》を食することが習慣化している鳥に特有の目つきをしている。ハードボイルドを生きている。

こちらが歩けば、地面を覆《おお》うウミネコの群れはフナムシのようにささっと必要最小限移動する。よく人を襲わないな、と感心する。(目つきからして)敵対しているようだが、人に守られていることも知っているのだろう。その辺のバランスが発生するところは、さすがに天然記念物だ。小山の頂上には蕪嶋神社がある。二〇一一年の震災のときには津波でこのあたりは水没、蕪島は元の島に戻り、わずかに頂上の神社だけは残ったが、四年後に火災で全焼する。このときは再建のための工事中で、参道を登ることはかなわなかった。

蕪島の名は、春にこの島を覆う菜の花（これが蕪の一種とされる）に由来するとも、アイヌの言葉に由来するともされる。アイヌ語説をとっているのは八戸に住む研究者の杉山武氏。デーリー東北新聞の記事では、アイヌ語でカモメやウミネコを意味するカピューと、岩場を意味するシュマが合わさった地名である、と説明されていた。あのウミネコたちを見た後では、深くうなずきたくなる。

種差　たねさし　100

そこからぐるりと太平洋沿いに海岸を南東へ進むと、次第に現れてきた岩場の草原の景色にニッコウキスゲの黄色が混じっているのが目に入る。え？　ニッコウキスゲ？　まさか、スカシユリよね、でも……と自問自答。このときはまだ、続く事態をまったく予想しておらず、不思議に思いながら、駐車可能な道路脇に車を停めた。そこからの夢のような展開。思い出しただけであのときの興奮が甦《よみがえ》る。

車を降り、海岸側に少し高く丘のようになっているほうへ登る。路傍にハマナスが咲いている、これはまあよしとしよう。北国の海岸でよく見かけるものでもあるし。

が、その向こうの薄紫の群落は、なんとツリガネニンジンたちではないか。思わずしゃがみこんでしげしげと眺める。海風に吹かれるせいか、高原のそれよりたくましいけれど、確かにツリガネニンジンだ。立ち上がり、さらに先へ進む。そこから海岸に下りる岩場に繰り広げられる光景は、天国のような花畑だ。ニッコウキスゲもスカシユリも両方とも咲いている。華奢《きゃしゃ》なアサツキのボンボンのような薄紫、紫のミソハギ、ウツボグサ。薄いピンクのハマヒルガオ、濃いピンクのハマナス。黄色のミヤコグサ、キリンソウ。シックな臙脂《えんじ》色のフナバラソウ（個人的にはこれに会えたことが一番嬉しい）……等々。パステル調の花畑を濃い江戸紫色で締めているのはノハナショウブだ。

遠く水平線まで青空が続き、吹く風も涼しく、すっかり幸せになって車を走らせると、美しい緑の天然芝の広がる海岸が見えてきた。向かいの駐車場に車を停めると、運良くサービスセンターがあった。そこで種差海岸のパンフレットを幾つか見つけ、この海岸が波打際《ぎわ》近く高山植物が咲き寄せる、稀有《けう》の場所だと知った。そして震災後、一時は塩害で草花も大打撃を被《こうむ》ったかと思われたが、間もなく復活、また花を咲かせ始めたこと、驚いたことに、近年、日本の他の地域と同じくこの辺りも外来植物に押され気味だったのが、震災以降、外来植物のみが消え、元々自生していた種が生き残ったことなども。外来植物がこの辺りでしばしば起きる津波に耐性を得るには、まだ年月が足りなかったのだ。それが示唆《しさ》すること、つまり自生植物たちがこの地で生き抜いてきた気の遠くなるような歴史を思う。

種差の地名の由来にも幾つかあるが、アイヌ語説では、長い岬を意味する「タンネエサシ」であるらしい。

是川　これかわ　101

八戸市の南東部是川には、中居、一王寺、堀田の三遺跡から構成される大きな縄文遺跡がある。ここを訪ねたのは、是川縄文館に常設展示されている合掌土偶に会いたかったからだ。まるであどけないウルトラマンのような顔をして、両肘《りょうひじ》を張り、胸の前で合掌するポーズ。竪穴住居の屋内で、壁に寄り掛かるような形で出土したという状況は、飾られていたのか祀《まつ》られていたのか、いずれにしろ大切にされていたことを示唆するのは間違いないだろう。作られたのは縄文時代後期後半（約三千五百年前頃）とされている。合掌する、というしぐさが（私もついこの間、友人から、何かというと両手を握りしめる癖を指摘され、子どもっぽいなあと恥じ入ったばかりなのだが)、当時からあり、縄文の人びとが、どういう思いでそれをやっていたかと思うと楽しい。敬虔《けいけん》な思いから、かもしれないし、私のように「ああ!」という切羽詰まった感情からかもしれない。

アイヌ語では、「コッ」は窪地《くぼち》や沢、「レウカ」は橋、「ワ」は岸を意味しており、是川とは「沢にかかる橋」の意味だという。さらに「中居」の「ナイ」は川、「イカ」は越える、「イ」は所、つまり中居とは、川を越えるための船着場を意味するらしい。ナイ・イカ・イ…ナイカイ…ナカイ…と変化したのだろうか。

母袋子　ほろこ　102

是川から新井田《にいだ》川を下ってしばらく行くと、川を挟んで西母袋子、東母袋子という地区に出る。明治の末にこの東西母袋子を結ぶ橋が架けられた。当時は一本橋だったというが、洪水で流されることも多く、子どもたちの通学路でもあったため、平成になってからワイヤーで吊《つ》るされ、「母袋子の吊り橋」として知られるようになった。渡った先の通学路は崖《がけ》に付けられたような細い山道だ。しかしもう、学校は廃校となり、この道を通う生徒もいない。

吊り橋の南、西母袋子側を行くと、「地獄沢の摩崖仏《まがいぶつ》」と銘打たれた、不動明王、地蔵菩薩《ぼさつ》、観音菩薩の三仏が、屋根を掛けられて安置してある場所があった。『是川の歴史再発見』というガイドブックによると、今はこの辺り一帯採石場となっているが、以前は大きな山があり、滝の流れる地獄沢という沢があった。この摩崖仏はもともとその岩壁にあったのだが、砕石のため岩壁ごと爆破されてしまう。だが観音菩薩は無事、不動明王と地蔵菩薩は周囲が破損したものの原型に近い形で、三仏は河川敷に落下した。これを見た砕石業者と有志は資金を調達し、河川敷から引き上げ、現在の場所に安置した、とのこと。きっと破壊する前から「どうしよう、バチがあたるのでは」と迷っており、恐る恐る強行してはみたものの、ほとんど仏ごとに分かれて落ちたことで神仏の力を思い知った。「ああ、やっぱり」と慌《あわ》てて引き上げ、せめてもの償いに屋根をつけてみた、ということではないかと推察すると、なんだか微笑《ほほえ》ましい。

摩崖仏が彫られた謂《いわ》れについては二つの説があった。一つは昔地獄沢にあった姥捨山に捨てられた老人たちの供養《くよう》のためという説、もう一つは地獄沢という場所が、水害の犠牲者が川上から流れつく場所であるから（その供養のため）、という説である。新井田川上流地区の言い伝えでは、人が死んであの世に行くと、閻魔《えんま》様の前で「向かい母袋子に行ってきたか」と訊かれるという。この「向かい母袋子」が、地獄沢のことのようだ。

ホロコ、という不思議な発音についても、アイヌ語で「ホロ」は大きい、「コッ」は窪地、つまり大きな峡谷。そういえば、と思い出したことがあった。

昔サハリンが樺太《からふと》と呼ばれた頃、ポロナイスクという都市は、敷香《しすか》という地名だった。その地を流れる大きな川は幌内《ほろない》川。つまりホロナイ、文字どおり大きな川、というアイヌ語の地名だった。本当に大きな川で、川の向こう岸との往来に船が必要で、対岸に渡るため船主に料金を払うと、それまで周りでウロウロしていた人びとが一斉に船に乗り込んできた。無料で相乗りする機会を、日がな一日待っていたのだろうか、と驚いた。私が訪ねたときはもちろんすでにロシア語ふうに、ポロナイスクのポロナイ川になってしまっていたが、それもホロナイという発音がそもそもアイヌ語にあってのことだ。

だがそれはほんとうにアイヌ語だけのものだったのだろうか。いろいろな北方民族が混住していたあの島では、もっと多様な民族に共通の地名だったのかもしれない。アイヌ語は、アイヌ民族のものだけではなく、その昔はもっと広く、日本列島の住人を含む様々な民族の共通言語であったのかもしれない。縄文時代の名残が色濃くある場所に、こうした名前が多く残っているということに、なんとはなし、豊かな思いがする。

鮫　さめ　103

八戸市の東、太平洋岸沿いをJR八戸線が走っている。ウミネコの繁殖地として有名な蕪島に一番近い（歩いて十五分ほど）鮫駅は、小高い丘の上にあった。薄いブルーグレーの屋根に、白く塗られた壁。二両編成の車両が停まる、北の海岸沿いの駅らしい木造の駅舎だ。辺りは住宅地で、車が通るのがやっとの路地があちこちに延びている。

夏の正午頃だった。デコボコとした道をのんびり歩いていくと、曇りガラスの入った古い玄関引き戸の家が目に入った。戸は開けっぱなしで簾《すだれ》が半分ほど下がっている。だから奥は見えないが、玄関の三和土《たたき》に子どもの運動靴が片一方転がっている。勢いよく走って帰ってきたのだろう、もう一方はセメントの沓《くつ》脱《ぬ》ぎ石の上に。持ち主は今、台所でかき氷でも掻《か》いているのではないかと想像した。簾が風に揺れている。世間という昭和の風景だ、となんだか胸が締め付けられるほどの懐かしさを感じた。

うものへの無意識の信頼に基づいている、この警戒心のなさ。私の世代でさえ、十代に入る頃には消えていた、昭和三十年代から四十年代前半の頃の風景。一般家庭にクーラーのない時代、暑い夏の日には風を通すため、道路から見えていても玄関を開けっぱなしにする家は珍しくなかった。それがとても無防備なことになったのはいつの頃からだっただろう。今は家にいるときも内側から鍵をかけなくてはならなくなった。緯度の高いこの辺りは夏といっても日差しもそれほど強くなく、風が涼しいので、クーラーなどつけるより、戸や窓を開けていたほうが確かにずっと快適に違いない。

鮫という地名の由来について、「蕪島」の項で登場いただいた研究者の杉山武さんは、「アイヌ語で「サム」は、(〜の) そば、を指す。サメは蕪島のそば、という意味ではないか」という説をとっておられる。鮫地区に「島脇」という姓が多いのも、そういう由来があるからでは、と (デーリー東北)。八戸近くの内陸に、「鮫の口」という地名が多くあるが、海から遠いところに (海にいる)「鮫」のつく地名があることの不自然さも、この説だと汎用性《はんようせい》を持って説明できるように思う。

八戸線は、鮫駅から陸奥白浜駅、種差海岸駅、大久喜駅……と続く。鮫駅から乗り込んで、海岸沿い、次から次へと車窓に広がる風景に没頭していられる幸せ。自分で車を運転していたらそういうわけにはいかない。好きなところで停められる自由さもあるが、道路と対向車に（基本的には）視線を集中していなければならないのだから。大久喜の駅を降りて、国の重要有形民俗文化財に指定されている「浜小屋」に向かう。集落が浜から遠いところにある場合、海岸に小屋が設営され、漁具を収納したり、天気の悪い日にはそれを繕ったり、また漁師が繁忙時の寝泊まりに使用した。昔は多くの浜小屋があったらしいが、現存しているのはこれのみだ。松の板一枚の壁、茅葺《かやぶき》の屋根。内部は三分の一が土間で、その向こう三分の二が板敷の床。真ん中に炉が切られている。建てられたのは幕末の頃とされている。その頃の浜の暮らしを想像する。集落が浜から遠いところにあったのは、津波の被害の経験からだろう。

それから地図を見、小学校の脇を歩きながら大久喜漁港の向こうにある弁天島へ向かう。島の形状はしているものの陸続きになっているところが、蕪島に似て興味を惹かれた。

小さな漁港だった。漁船が繫《つな》がれた岸壁にテントが設営され、年配の男女が数人、小さな椅子《いす》に腰を下ろして魚介類の始末をしている。おばさんが一人でやっているのなら、「何をしているのですか」と気安く声をかけることもできただろうが、日常的な風景であろうことは察せられても物見高く質問するには作業の様子が真剣で、声がかけづらく、黙礼して通り過ぎた。向こうもちらちらとこちらを見ながら了解されたように感じたのは、観光客に慣れておられるのかとも思った。あれがつまり、今の浜小屋かしら、と思いつつ、回り込むように弁天島へ向かう。遠目からも、蕪島と全く同じようにウミネコの繁殖地になっているのがわかった。鳥居があるところまで同じで、ここの神社は厳島《いつくしま》神社。鳥居にも文字どおりウミネコが止まっていた。

帰宅後わかったことだが、この鳥居は東日本大震災の際、津波で沖に流され、黒潮に乗ったのか、結局直線距離にして約七千キロ離れたアメリカのオレゴン州の海岸で発見される。関係する人びとの努力が実り、四年半ぶりに帰ってきたという、有名な鳥居だったらしい。

星置　ほしおき　104

札幌市の西の外れ、小樽市との境界近くに、その町はあるのだそうだ。

星置、と最初に友人からその地名を聞いたとき、まさかそんなうつくしい地名が存在しようとは思わなかったので、驚いてもう一度聞き返した。神々がふと、あの辺りが暗い、と何気ない風に歩いて行ってそっと抱いていた星を置いて帰ったような、または大航海時代の目印に、あの辺りの空に星を配置したと厳《おご》かに宣言したかのような。

そんな連想をいっても、呆《あき》れられるのは目に見えていたのでさすがに口に出すのは控えたけれど、私が目を丸くしているのが意外だったようで、アイヌ語由来という説もある、とその町で生い育った友人は教えてくれた。

今回その元となったアイヌ語を調べてみたが、「滝の下」、「崖の下」等、諸説があるなかで、ただ、「置」が、「ポキ」（～の下）という言葉を元にしていることはどの説も概《おおむ》ね共通していた。何れにしても残念ながら星には直接の関係はないようだ。当て字の偶然ゆえに生まれたうつくしさだとすれば、かえって納得できる気がする。この響きの、甘さを排したロマンティシズムは、人の知恵で企《たくら》んで考えつく類のものではない。

札幌から小樽、余市方面へと国道5号線を車で走れば、右手に低く海岸線が見え、左手には森が広がる。国道5号線は明らかに段丘の上。星置のアイヌ語読みの意味が「崖の下」というのもよくわかる。だが一方、星置には確かに滝もあるらしいのだ。

友人は小学生の頃、山の上にあるという「星置の滝」へ遠足に出かけた。流れているのは星置川。奥手《おくて》稲《いね》山を源流とし、山間を彷徨《さまよ》った後、崖から降り立つ。そこが「星置の滝」。そして川は平地を流れ石狩湾へと注ぐ。海はすぐそこ。近くに海水浴場があり、夏になると星置から歩いて泳ぎに通った。星置が今のように開発される前のことで、滝から下はただ風の強い平地、というイメージがあるという。調べると星置は星置川のつくる扇状地であったから、それも道理、と聞かされるほうは頷《うなず》くばかり。冬になると海からダイレクトに吹いてくる風で吹雪が凄まじく、「顔の真ん前から吹きつけてくるので息ができなくなるのではないかと恐怖を感じた」ほどで、それでもなお休校にならず、通学しなければならなかったと聞くと、自分の過去の経験と照らし合わせ、日本海に面した北国で見た、雪が水平に、真横に流れていくような吹雪を思い出す。そのなかを必死で前に進む子どもたちの姿が浮かぶ。崖の下、滝の下の向こうに、海まで広がる平地、容赦なく吹きすさぶ風、その遥《はる》か真上できらめく星座。私の星置のイメージは、こんな風になってきている。

鷹栖　たかす　105

鷹栖町は旭川市の北に位置する。

もともとアイヌ語でこの辺りはチカプニと呼ばれていた。大きな鳥が棲むところ、という意味だそうだ。地名は初代北海道庁長官となった岩村通俊の命名で、そのままの発音を当て字にしたのが近くの近文《ちかぶみ》、意味を訳したものが鷹栖というわけである。

そもそもアイヌ民族の地名をそのまま継承して使うということは、土地に対する敬意なのか、それとも単に面倒くさかっただけなのか。前者であって欲しいと思うが、その後の少数民族に対する為政者側の扱いを考えると後者の可能性が高い。けれど当事者が後者のつもりでいても、無意識のうちには前者の気持ちも幾分かは含まれていたかもしれない。その地に立てば、土地のオーラのようなものを存在のどこかで感得せざるをえないから。

鷹栖町の北からは、うるわしいオサラッペ川が南下し、南端で石狩川に合流する。そこに面して嵐山公園がある。晴れた日には、頂上から大雪山の堂々たる姿が見え、旭川市内も一望できる。特筆すべきは、麓の北邦《ほっぽう》野草園だ。この野草園は、開拓以前の北海道原野の植物を復元、保護することが目的だから、園内遊歩道はすなわちほとんど山の道で、六百種以上の植物が各々《おのおの》ところを得て息づいている様子に出会える。春先には、エゾエンゴサク、カタクリ、エゾノリュウキンカ、エゾイチゲ、キバナノアマナ……等々のエフェメラルが咲き匂い、天国もかくやと思われる。北邦野草園は、今から四十五年ほど前に旭川営林局が計画、開園したらしいが、この一帯は、そもそもアイヌの聖地で祈りの地だったということだから、起案者は土地の声に耳をすます力もあったのだろう。聖地の荘厳《そうごん》は今に保たれている。

熊牛　くまうし　106

この地名を最初に知ったのは、更科源蔵《さらしなげんぞう》著『熊牛原野』によってである。著者によれば、アイヌ語のクマウシとは、「魚を干す乾棚のたくさんあるところ」という意味らしい。熊牛は字名で、熊牛原野は現在の北海道川上郡弟子屈《てしかが》町と標茶《しべちゃ》町にまたがり、著者の父である更科治郎が最初に拓《ひら》いた。著者・源蔵は草小屋に生まれ、家の裏には小川があり（この水がそのまま一家の飲料水でもあった）、この小川を境にして南は明るい原野、北は暗く恐ろしい密林であったという。現在この辺りにはどこまでも明るく広々と拓かれた畑地や疎林《そりん》が続き、この、「恐ろしい」という形容詞がもうひとつ実感できない。

が、今から百十数年前、幼い彼にとって森は凄まじい顔つきのキタキツネ（実際に間近で相対すると、怨念《おんねん》の塊のような顔をして人を見る）や、残虐《ざんぎゃく》非道ぶりの噂《うわさ》に事欠かないヒグマの棲家のようなもので、加えて迷い込んだ牛馬が一歩足を踏み入れればズブズブと足を取られて沈み込み、もがけばもがくほど身動きが取れなくなって白骨化しているという底なし沼が、生い繁《しげ》る草木に覆われてあちこちに隠れていた……

と聞けば、今より絶対的に個体数が多かったであろうシマフクロウの鳴き声まで、まるでここは異世界であると宣言するかのように響き渡っていただろう……と、想像するだに、確かに子どもならずとも緊張を強いられる場所であったに違いない。冬場は隙間《すきま》から吹きすさぶ雪が、寝ている体の上に積もった。

長じて同じ熊牛で酪農を始めた彼は、朝暗いうちから牛舎の掃除、搾乳《さくにゅう》、その後牛を放牧地へ移動させ、搾《しぼ》った乳を冷やし集配所へ運び、炎天の下、飼料畑や牧草地で苦役のような労働、日が沈み汗と泥でクタクタになって帰宅しても、まだ終列車が過ぎるまで搾乳の仕事が終わらない、ボロ切れのような、荒々しい日々の生活、と嘆く。だが妻を亡《な》くし、娘と二人、都会で生活するようになると、「熊牛原野は私達親子の望郷の地となり、心の拠《よ》りどころともなった」。

そうなのだ。開拓民の方々に話を聞いたことがあるが、北海道開拓が大変なものであったことは違いないけれど、私たちの想像を遥かに超えたうつくしさや荘厳さ、楽しさにも出会えたのだ。「夏は朝霧をふくんだ牧草の穂波やジャガイモの花が、白々と朝靄《あさもや》のようにひろがっていた。（略）冬は月の光がこうこうとうす暗い銀盤の舞台をつくり、狐《きつね》だの野菟《のうさぎ》だの、それから森の奥から木鼠《きねずみ》たちまでがでてきて、そこで不思議な舞台劇をやっているようだった。ほんとうに、菟や木鼠がいろいろな踊りをするのだと信じていた」。

生まれるところは選べないけれど、生まれたところを楽しむことはできる。その土地を離れた、ずっと後になってからさえも。

(かりかん)　かりかん　107

熊牛という漢字を、著者は「北海道だからといってあまり頭の良くない人が面白半分」クマウシに当てたのだろう、と、気に入っていないようだ。地名としてはそれよりも、「かりかん」という、もっと地元民に広く使われている呼び名があったという。著者の子どもの頃の話だ。この地名の由来が歴史の一コマを物語る(この小タイトルを括弧でくったのは、アイヌ語由来ではないからである)。

著者の家のあった辺りから「五里南へ行った標茶に、北海道で三番目の集治監《しゅうちかん》があり、そこの囚人が麻の代用にするいらくさと、家畜の秣《まぐさ》を刈るために、この熊牛原野に出稼に来ていた。この囚人を収容するための仮の監獄を「仮監」といったので、それが俗の呼び名になって通っていたのである」。

有名な網走《あばしり》監獄ができる前のことで、この標茶の集治監はその前身、「終身刑のすごいのばかりを」収容していた。囚人が脱走したとなると、辺りの住人は皆不安で一箇所に集まったというが、著者一家にその実害はなく、義賊・関文七に至っては、むしろ珍しい浮世の話をしてくれる、歓迎されるべき存在でもあったらしいことが、何の娯楽もない厳しい開拓の毎日に、人間がいかに「物語」を渇望《かつぼう》していたかを思わせ、胸を打たれる。

「脱獄囚はどう処分されたか明らかではないが、集治監のあった傍の沢を最近まで首切沢と呼んでいたことはたしかである」。

通称地名が、そのまま資料に残る「地名」になるということはよくあることだが、かりかんや首切沢には、それは起こらなかったようである。

安瀬　やそすけ　108

北海道、札幌を北上して日本海にぶつかったら、海沿いを走る231号線を右手へしばらく行ったところ、厚田区の中心街を過ぎたか、と思うあたりに安瀬がある。松浦武四郎の『西蝦夷日誌《にしえぞ》』によると、ヤソスケは、小さな網（魚を獲《と》るための）をかけた場所、という意味らしい。石狩湾を挟んで遠く積丹《しゃこたん》半島が望める。

北海道の地名は、つくづくアイヌ由来のモノが多い。厚田区の厚田くらいは、ついうっかり明治以降の役人か誰かがつけたのだろうと見過ごしがちだが、厚田もまた、アイヌ語由来の地名だった。アイヌの民族衣装に、掻巻《かいまき》から綿を抜いたような形の、アツシがあるが、この生地はニレ科のオヒョウという木の樹皮からつくられ、それをアツ（at）、採る、を、タ（ta）といい、at-ta で、厚田となった、らしい。

ヤソスケが、八十助ではなく、安瀬という漢字を当てられたのは、どういう経緯があったのか。

一八五七（安政四）年に行われた箱館奉行の蝦夷地巡検（前出の松浦武四郎の西蝦夷旅も、この地方は彼らと同行している）に随行した玉蟲《たまむし》左太夫《さだゆう》の旅の記録である『入北記』には、ヤソシケという名で登場。アツタも含め、ここに登場するアイヌ語地名はほとんどカタカナで表記されているので、「安瀬」になったのは、これ以降の可能性もある。「是（安瀬）ヨリ二丁（二一八メートル強）斗《バカリ》行キテ当春新開ノ山道へ入リタリ」。その年の春開削されたばかりの山道へ入った、と記してある。これが濃昼《ごきびる》山道である。

濃昼　ごきびる　109

現代の濃昼山道の入り口も、まったく同じで、パンフレットを頼りに安瀬の辺りを探してもなかなか見つからず、ようやく車を停め、小さな立て札を見つけた。なるほど「安瀬ヨリ二丁斗」だ。このパンフレットは、濃昼山道保存会というボランティア団体の製作。濃昼山道は、そもそも濱屋与三右衛門という厚田在住の場所請負人が、蝦夷地警護の必要に迫られた幕府に命じられて、当時ほぼ海路でしか行かれなかった濃昼まで開いた道だ。当初は急拵《ごしら》えの間に合わせ仕事だったらしく、左太夫などは、道中ちょっとでも躓《つまず》けば「一身忽《タチマ》チ破砕トナルベシ。極《キハメテ》難路ト云《イ》フベシ」、これで仕事をしたといえるのか、などと、悪態をついている（今は山歩きをする身には、これ以上ないようなうるわしい道である）。

ついでながら、この玉蟲左太夫という、生き生きとした好奇心を持つ、記録魔といってもいいような稀代《きたい》の紀行家について述べておきたい。一八二三（文政六）年に仙台藩士の子として生まれ、二十四歳で脱藩、江戸に出て林大学頭復斎の書生となる。その後、記したように蝦夷地巡検隊に同行した。三年後、一八六〇（万延元）年に日米修好通商条約批准書《ひじゅんしょ》交換のため海を渡る幕府団に随行、アメリカの軍艦ポーハタン号に乗り込み、太平洋を渡る。さらに世界一周をしながら帰国するのだが、その間、見るもの聞くもの出会うもの、すべて書き留めざるものなし、といった勢いで記している（『仙台藩士幕末世界一周』）。

例えば太平洋で嵐に遭遇したとき、その前までは乗組員の艦長に対する礼が尽くされていないと（通り過ぎざま会釈《えしゃく》もなしに帽子に手をやる程度なのが、儒学をおさめた彼には不快極まる光景だったのだろう）憤慨していたが、上下の区別なく果敢に嵐に立ち向かう様、病死した水夫に艦長が友人のように涙を流して悲しむ様子など、日本の封建制にはない人と人との関係性を目の当《ま》たりにして感じ入る。香港では、自分たちを見物に来た「支那人《シナ》」を、英国人が鉄の棍棒《こんぼう》で犬のように追いはらう様を見て心を痛める、等々、彼が瞠目《どうもく》すべき近代的知性、感性の持ち主であることがわかる。『入北記』は、その彼の面目躍如たる国内紀行記録である。前述したように、濱屋与三右衛門の間に合わせ仕事には、「如何《イカ》ナル厚顔ニヤ」と憤懣《ふんまん》やるかたないようだが、他所《よそ》に比べればアイヌの人々への「取扱ヒ尤《モツトモヨ》善シトス」と、認めるところは認めている。アイヌへの目線は、この旅の間終始一貫しており、生来ヒューマニスティックな素地があったことがわかる。彼のような人間が明治維新を生き抜いてくれなかったことが返す返すも残念である（世界一周の旅から帰国後、戊辰《ぼしん》戦争が勃発《ぼっぱつ》、奥羽越《おううえつ》列藩同盟を成立させるため、奔走するが、戦後、獄に繋がれ切腹を命ぜられる。朝敵となってしまい、歴史の表舞台に出ることはなかった。同じような経歴の坂本龍馬の知名度と較《くら》べると、西と東、なんという違いであろうか）。

つい、寄り道をしてしまった。まだ肝心の濃昼の地名由来すら書いていない。

さて、濃昼の地名由来を調べると、アイヌ語のゴ（ボ？）キンビリ――岩と岩の間の山陰、とか、ボキビル――滝壺《たきつぼ》に水が落ちて沸騰《ふっとう》する（水しぶきを上げて落下する水の様をいっているのだろうか）、などと説明されているが、今の濃昼の、どこのことなのかよくわからない。昔と今では地形が変わっているのかもしれない。だが、濃昼山道の中になら、納得できる場所もある。

今の濃昼山道は、玉蟲左太夫らが通った頃とは途中のコースが違い、より海岸寄りになっている。山間の、美しい沢や小さな滝を愛《め》でながら進むと、やがて現れる「山からいきなり海」、「山からいきなり海」、のシーンの連続は、まるで島を歩いているようだ。絶海の孤島、という言葉が脳裏に浮かぶ。当時この地方はそれに近い認識を持たれていたに違いない。この山道の終点（始点？）の濃昼は、左太夫が立ち寄った時代、彼にいわせれば「寂寥《セキレウ》ヲ極ム」状況だったらしいが、その後、鰊漁《にしん》で栄えたらしく、今見ると、古い住宅群のそこはかとない異国情緒も、旅情を満たしてくれる佇《たたず》まいだ。静かな漁港があって、釣りをする人びともいるので、鰊は獲れなくなっても他の魚はまだまだ獲れるのだろう。

札幌市から留萌《るもい》市に至る国道231号線は、一九五三（昭和二十八）年に作られた当初、二級国道231号線として開通した。濃昼の住民の、それまでの交通手段は主に船だった。自動車道路ができて、文字通り世界が変わった。更科源蔵は『北海道の旅』で、「風通しがよくなったね。よくなったども、何だか調子も狂うな、これまでのようなわけにいかないんだてば」という、当時「浜で網をつくろっていた濃昼の老漁夫」の言葉を紹介している。この自動車道が出来てから、それまで地元の生活道だった濃昼山道は急速に廃《すた》れた。道は人が歩かなくなれば消える。

今は有名な熊野古道も、四十年以上前は消えかかった地元の生活道でもあった。修復に携わった三石学さんによると、峠道は五十年も歩かれなければ土が五十センチほど覆いかぶさり、その上に草が生じ、立木も生長する。その木を切り倒し、土を掘り起こして石畳をつなげていくという地道な（文字通り！）作業を十五年ほど続けたという。雨量の多い紀伊半島の照葉樹林地帯と、北海道の石狩地方、落葉広葉樹林帯では事情が違うだろうが（パンフレットには、ササ刈り六年、と記された山道復活の新聞記事が載っている)、消えかけていた道を掘り起こすという作業はまったく同じだ。

便利な自動車道ができると情報や物資は入りやすくなるが、その同じ道を通って人もまた出ていきやすくなり過疎になる。流通と生活の質は比例しない。人が十全に生きるための「程よさ」、という尺度が、道の大きさにはあるのかもしれない。いや、あったのかもしれない。玉蟲左太夫は、旧濃昼山道の歩きにくさをこれでもかというくらいに悪口を連ねて主張しているが、自分の足で歩けばこその、「充実感」を味わっている自覚はなかっただろう。

道は、人が歩かなければ消える、はずであった。串田孫一はエッセイ「歩けない道」で、道と自分の足の裏の感覚との関係について述べている。それが不可分のものであるだけに、高速道路など、「歩けない道」を道として認めることに頭を悩ませている。「私の方で、これまでの道の観念を訂正するか、あるいは別々に違った観念を抱くことにするか、どうにかしなければならない」。思い余って、首都高速道路が開通する前、「手続きをとれば当然許可はされないと思ったので」こっそり忍び込んで深夜にそこを歩いた。

「私の足の裏に感じたものは勿論《もちろん》大地ではない。また街の舗装道路でもない。そこは歩く道ではなかったし、佇んであたりを眺める場所でもなかった。(略) 私はやっぱり、そこが道の名のついているところならば、車ではこばれていくのではなく歩きたい。高速道路を堂々と散歩出来る日は、いくら待っていても来ないだろう」。

しかし先日、東京を大雪が襲った二〇一八年一月二十二日、知人が都心から神奈川県川崎市へタクシーで帰る途中、微動だにせぬ停滞にあい、首都高3号渋谷線で、三時間以上も動かない車に見切りをつけ、下車し、（首都高を）延々走りだす一群を目撃したそうである。串田孫一が、「いくら待っていても来ないだろう」と書いてから半世紀以上が経過し、ついにその日が来たわけだ。私は密《ひそ》かに感無量だ。串田さんに教えてあげたい。走った本人たちには、何の感慨もなかったかもしれないが、首都高がついに足の裏に踏まれ、つかの間、正しい「道」になった瞬間ではなかったか。

利尻　りしり　110

前に言及した、蝦夷地探索に同行中の玉蟲左太夫であるが、その後濃昼から海岸沿いを北上、ハママシケ（今の浜益）から舟でさらに北を目指している。それまで過酷な道のりと、その道中の一つ一つに向き合い、愚直なまでに真摯《しんし》に記録してきた左太夫は、さすがに疲労困憊《こんぱい》していたのだろう、「舟中恍惚《クワウコツ》トシテ眠ヲ催シ徒《イタヅ》ラニ過グルコソ遺憾ナリ。」船の中ではつい眠気に勝てず、（景色を見ることもせずに）時間を無駄に過ごしてしまった、残念至極、もったいないことだった、と嘆いている。「午時漸《ヤウヤ》ク夢醒《サ》メテ四方ヲ見レバ滄海渺々《サウカイベウベウ》天際ナク、遥カニ突兀《トツコツ》タル一山北ニ見ユ、是即《コレスナハ》チリイシリナルベシ」。うっかり寝入ってしまった、不覚、と慌てて辺りを見回すと、どこまでも涯《はて》しなく広がる青い海、そこに（いきなり）聳《そび》え立つ山が一つ見える、おお、これがつまり、利尻（アイヌの言葉で、高い島、という意味）なのだな、と、利尻の名前の由来に納得する。

この旅に出るまで左太夫はアイヌの言葉についてはまったく知らなかったのだが、旅の間通詞《つうじ》と親しくし、機会あるごとにアイヌの人びとと言葉を交わし、流行病の疱《ほう》瘡《そう》でアイヌの村に多数の死人が出たと聞いては「袖《そで》を涙で濡《ぬ》らし」、珍しい道具などは盛んにスケッチをし、役人のアイヌの人びとへの扱いに憤慨し、土地土地で役人たちにチェックを入れてきた。それで今、「是即チリイシリナルベシ」と感嘆するほど、アイヌの言葉が入ってきたのだ。

異国の見知らぬ事物に対する好奇心、学びたいという謙虚さ、といって何もかも鵜《う》呑《の》みにして「かぶれる」のではなく、自分の価値体系に照らし合わせ、これは違うと思うものに対しては疑義を差し挟む、何よりも自分がそこにいて、その場の空気を吸うことを存分に味わい、愛している――この玉蟲左太夫の、旅行家としての適性にはほんとうに惚《ほ》れ惚《ぼ》れとしてしまう。そう感じるのは私だけではなかったのだろう、彼がのちに公的な遣米使節団の従者として選ばれたのは、この『入北記』が評価された故《ゆえ》もあったらしい。また脱線してしまうが、太平洋を渡り、世界一周を果たしたそのときの旅について再び述べたい。ここに何か、現代にも通じる何か大きな示唆がある気がするから。

横浜港を出航して以来、彼らが初めて陸に上がったのはハワイ諸島オアフ島のホノルルだった。左太夫は果敢に町に出、写真店、印刷所等を覗《のぞ》いては、その「からくり」に目を丸くし、感激とともに詳しく説明する。ある薬屋に入り、そこの中国人店主と、筆談を交わしながら左太夫が打ち解けていく様は、まさに民間外交そのものであった。中国はその頃アロー戦争（第二次アヘン戦争）の只中《ただなか》で、この薬商は英国人を虎狼《ころう》に喩《たと》えたりしている。このときの筆談の内容を宿舎に持ち帰り、すぐ上の上司に見せたところ、これはいい土産になると喜ばれ、さらにその上の上司のところへ（その直属の上司が）持っていくと、喜ばれるどころか危ぶまれたといい、帰ってきて掌《てのひら》を返したように左太夫を叱《しか》りつけた。その理由が、「今アメリカ船の世話になっているのに、彼らを夷狄《いてき》と呼んだことがわかればいかに不快に思われるか」、というのである。左太夫は呆れ、「彼らがこんな些細《ささい》なことを問題にするとは思われない。危惧《きぐ》ばかりして、彼らに逆らわないことだけ考えているようでは、彼らはますます勢いを得て、のちに制することができなくなるだろう」と案じている。

これに類したことはアメリカ本土でも起こった。アメリカ人に筆で何か書いて欲しいと頼まれた左太夫が、「一王千古是神州」、日本は千年の昔から一系の天皇が治める神の国である、と書いたところ、別の上司がまたこれを咎《とが》めたのだ。「アメリカは共和政治の国なのに、そんなことを書けば気を損じてどんな災いの元になるかわからぬ」、というのであった。左太夫はこれにももちろん憤慨する。「こんなことが災いの元になることなどありえない、いかにアメリカが強国だからといって、何事も逆らわず言いなりになっていれば彼らはやがて我らを蔑《さげす》むようになるだろう。最近（上司たちが）万事彼らに媚《こ》びへつらっている様は見るに堪えない。私は一介の書生に過ぎないが、これを思うと涙で袖を濡らしてしまう」と、嘆いている（よく「袖を涙で濡らす」男なのである）。

日本人政治家や官僚に過度の忖度《そんたく》癖があるのは、実に開国前からのことらしい。およそ百六十年後までもこの傾向が続いていると知ったら、彼は間違いなく「袖を涙で濡らしてしまう」だろう。

国境の地名

人里　へんぼり　111

上野原インターチェンジから、内陸のほうへ向けて降りていくと、次第に狭く急《きゅう》峻《しゅん》な道がうねうねと続く山間部に入り、その続きようがまた、これでもかこれでもかという具合で、気持ちがだんだん鬱屈《うっくつ》してくる。

この道路は山梨県側では県道33号線、東京都側では都道33号線となる、上野原・あきる野線である。起点が山梨県上野原市、終点が東京都あきる野市だ。

武蔵《むさし》の国と甲斐《かい》の国を結ぶ街道はいくつもあって、例えば青梅街道を踏襲する国道411号線であったら、奥多摩湖を過ぎて大菩薩峠近くの柳沢峠を越えれば、次々に見え隠れする富士の雄大さに心躍り、昂揚《こうよう》感もあり、気持ちにめりはりがつくのだが、この県道33号線はどこか、浮かれるどころではないぞ、という、重い気持ちになるのだ（都道33号線のほう、秋川渓谷沿いはまた事情が違って檜原《ひのはら》街道と呼ばれ、秋には紅葉が美しい）。

この手の「気持ちの重さ」は、個人的な経験からは、かなりの歴史の蓄積が見られるところでよく感じる気がする。実際、この辺りの村にはそれぞれ昔から語られてきた伝説があるのではないか。いくつか聞いたところでは、追われている落ち武者の話であるとか、他国へ逃げる途中の奥方や姫君の悲劇であるとか、やはり国境《くにざかい》らしい切羽詰まったものが多い。

甲武トンネルを抜けると、武蔵の国。つまり国境の東京都側が、檜原村、東京都の本土部分では（言い換えれば、八丈島などの島嶼《とうしょ》部を除く東京都）唯一《ゆいいつ》の「村」である。この村もまた歴史があり、独特の文化を育んできたことは、兜《かぶと》造りという養蚕に適した入母屋《いりもや》式の、大きな屋根部分を持つ家屋構造（印象としては小さめの合掌造り）を伝えてきたことからもわかる。そもそも、隣は武勇の誉れ高き武田信玄の領地である。国の防衛の要《かなめ》の地としても重要な土地であったのだろう。そしてどんなにか戦々恐々としていたことであろう。

私はこのとき、檜原村の数馬《かずま》にある温泉宿を目指していた。だが、都道に入ってしばらくすると、「人里」という地名が出てきて、どうもこれは「ヘンボリ」と発音するらしいとわかった途端、頭のなかは疑問符でいっぱいになってしまった。

調べれば、いろいろな由来話が出てくるのだが、なるほどそうであっただろうと思われる説には未《いま》だに出会えずにいる。

一番魅力的で多く見かけるのが、朝鮮語由来説である。古墳時代に大陸から来た渡来系集団が近畿地方からこの辺りに移り住んだとか、奈良時代に関東地方を開拓しようとした中央政府が、多くの渡来人をこの辺りに派遣した、というのだ。ヘンとボリが、人プラス里を意味する朝鮮語から来ている、として。だが、古墳時代の近畿地方周辺でももっと土地はあっただろうし、わざわざそれほどメリットがあるとも思われないこの地に移り住むというには説得力に欠ける。奈良時代なら、渡来人は優秀な技能集団であったはずだ。そんな荷役労働者のようなことをさせるだろうか。

それにいずれにしろ、彼らがもし、人プラス里のような地名でここを呼んでいたとしたら、当時からこの地は、ある程度の人びとが住んで、里を形成していたということである。当然すでに何らかの地名があったはずだ。それを押しのけてまで、どうしてもこの名で呼びたかったというのだろうか。

その他、檜原（ひのはら）が転じてヘンボリになったという説、辺里（辺鄙《へんぴ》な里……（ンピリ？）が、元になったという説、いろいろあるが、それが「人」という漢字に決着した理由がよくわからない。

地名というものは、由来がわかってすっきりするものもあれば、このように考えれば考えるほど、すべての説が怪しく思われるものもある。だが、すべての謎《なぞ》が解決する人生なんて、どれほどのものだろう。開き直るようだが、謎のまま残っていってこそ奥深い神秘は守られるというものだ。

数馬　かずま　112

檜原村の中でも最奥《さいおう》部に位置し、温泉宿の多い地域だ。標高が七百メートルほどあり、どちらを見ても山の斜面が迫って見える。

数馬という地名も珍しい。だがこの地名の由来ははっきりしていて、南北朝時代に、戦乱の巷《ちまた》を逃れてこの地を開墾し、住み着いた中村数馬というひとの名にちなんでいるということである。それならば「中村」でもいいのではないかと思うが、「数馬」という地名に落ち着いたのはなぜなのだろう。人びとが気安く「数馬、数馬」と呼べるような人柄だったからだろうか。それとも南朝方であったということだから、姓を大っぴらに呼ぶことに差し障《さわ》りがあったからだろうか。これも小さな謎。

猿ヶ京　さるがきょう　113

数年前の早春、上野から上越新幹線に乗り、まだまだ雪深い景色のなかを上毛《じょうもう》高原駅で下車、駅前からバスに乗って山奥の温泉へ向かった。細い坂道を登り、峡谷沿いを走り、三十分ほど行くと、やがてバスは赤谷《あかや》湖というダム湖の傍にある、「猿ヶ京温泉」停留所に止まった。これで終点だ。だが目的地はここではなく、ここを中継地として次のバスに乗り換えないといけない。寒いので、狭い待合所の中は人でいっぱいだ。バスの出発までその辺りを歩く。山の上はますます雪が積もっている。それでもやはり春先の雪なのだろう、表面が融《と》けかかったような、緊張感に欠ける積もり具合だ。

猿ヶ京という名の由来は二通りが語り伝えられていて、一つは文字どおり動物の猿にまつわる話だ。ある若夫婦が、山仕事の最中弱った猿を見つけ、家に連れて帰り介抱をしてやった。猿は恩に感じ、若夫婦が留守のとき、彼らの赤ん坊を湯浴《ゆあ》みさせてやろうと、夫婦がしていたようにお湯を沸かし、たらいに入れて赤ん坊をつけた。動機は良かったのだがざんねんなことに猿なので、湯加減というものを知らなかった。大やけどを負った赤ん坊を見た夫婦は猿をなじり、猿は隙を見て赤ん坊を連れて出て行った。しばらくして夫婦は、この猿が山の中の温泉場で赤ん坊を湯浴みさせているところを発見する。赤ん坊のやけどはすっかりきれいに癒《い》えており、夫婦は猿と赤ん坊を家へ連れ帰った。これが猿ヶ京という地名の始まりだという（けれど、なぜ「猿」温泉ではなかったのか）。

もう一つは上杉謙信が越後から三国《みくに》峠を越えてきたとき、この近くで野営し、夢を見たことから。夢のなかの宴で食事しようとしたところ、前歯八本が一挙に抜け、手の中に落ちた。縁起の悪い夢だと謙信が家臣に愚痴ると、それは片っ端から関八州を手に入れる、という吉兆夢だという。物は言いようだ。謙信の生まれ年の干支《えと》は申《さる》、その日は、庚申《こうしん》の年、申の月、申の日であった。すっかり気を良くした謙信は、この地を申ヶ今日、と呼ぶように命じた。それが今の猿ヶ京という文字に変わっていったというのである。猿ヶ京宿は、三国街道十四番目の宿場町でもある。ただその当時、温泉自体は、笹《ささ》の湯《ゆ》温泉、湯島温泉などと呼ばれていたようだ。

一九五八（昭和三十三）年、赤谷川に相俣《あいまた》ダム建設。ダム湖の底には笹の湯温泉と湯島温泉が沈み、今の場所に温泉街ごと移動、新しく猿ヶ京温泉とした。

法師　ほうし　114

そこからさらに乗り換えたバスで二十分、法師温泉に着く。着いたところが宿で、この温泉は一軒宿だ。そのまま宿泊手続きをする。入ってすぐにある囲炉裏で燻《いぶ》されたのだろうか、黒く艶《つや》光りする柱が何とも魅力的な本館は、一八七五（明治八）年の建造だという。湯は千二百年前、言い伝えでは弘法大師が巡錫《じゅんしゃく》の際に発見した。弘法大師は、本当に、日本全国回って、一体全部で何箇所の泉や温泉を発見、発掘してきたのだろう、杖《つえ》一本で。なぜそれが弘法大師でなければならなかったのか、興味深い。霊験あらたか、というお印なのか。でたらめなことを地名にするなんて厚かましすぎるから、もしかすると本当かもしれない――がわからない。

温泉は、川湯のようなもので、そもそもこの宿の敷地内を流れる川の名前もまた、法師川という。浴槽の床には玉石が敷かれ、その玉石の合間からボコボコ温泉が湧《わ》き出ているのがわかる。

翌朝フロントでスノーシューを借り、宿の裏手の野山（ほとんど雪のなかだが）を歩いた。すぐそこが三国峠、新潟側といわれて張り切って歩いたが、どうも途中国道

17号線を横切らないといけないようで、それも風情《ふぜい》がない気がして諦《あきら》めた。それよりも、野山や林に積もった雪の表情がうつくしく、光りと影を満喫した。
誰もいないと思っていたら、同年輩のご夫婦と行き会った。奥さんのほうは、どうも昨夜、薄暗い湯船の中で長いことおしゃべりをした方のようだった。お互いの顔もよく見えず、素性も知らないまま、ずいぶんしみじみとした話をしてしまったのだが、こうして白日の陽の下で出会うと、照れくさいような、嬉《うれ》しいような、けれど薄情なふりをするのも違うような、だいたい本当にそのひとだったかどうかもわからない、困った状況に陥った。向こうもなんとなくそわそわと落ち着かなさそうだ。「あの、昨夜お風呂で」一言いいかけると、「ああ、やっぱり」と手を伸ばさんばかりの笑顔。この方とは住所を交換し、一度だけ、手紙が往復した。

道志　どうし　115

道志村は神奈川県に隣接した山梨県の東の県境、昔でいうところの相模国《さがみのくに》との境にある甲斐国側に位置している。といっても、間には丹沢山塊があり、そう簡単に行き来はできない。行き来が難しいのは相模国との間だけではなく、西側に道志山塊があるため、所属する甲斐国側にはさらに通行が困難で、秘境ともいわれていた。村の中央を流れている道志川はうつくしい渓谷で有名で、国道が通った今はキャンプに訪れるひとも多い。

この道志川が谷をえぐり、山肌から崩落した土砂を堆積《たいせき》させながら、現在の道志村の地形を作ったのだろう。そういう地形を、古代「とうし」といい、それが「道志」の地名由来だという説もある。とうし、には、川が無理やりにでも山間を「とうし」た語感があり、なぜだか納得できる。

他の説は、平安時代の官名（……小学館の辞書によると、「大学寮の「明法道《みょうぼうどう》」出身で、「衛門府《えもんふ》」の「志《さかん》［＝四等官］」と「検非違使《けびいし》」の「志」とを兼ねた者」）だとか（でもどうして他の官名でなくその官名が？）、富士山の爆発の際、村人が噴煙を見て「どうしべえ」と狼狽《うろた》えたから（！）だとか（でもなぜその言葉だけが？）いろいろあるようだが、もう一つ釈然としない。そのなかではこの「とうし地形」説が一番説得力がある気がする。

長い間ほとんど陸の孤島状態であったが、一九二四（大正十三）年に道坂トンネルが竣工、一九三二（昭和七）年に山伏トンネルが開削、一九四〇（昭和十五）年にハイヤーが初めて乗り入れ、一九四八（昭和二十三）年、全村に電灯が灯った。

数ある「道志地名由来説」のなかに、江戸から行く富士山参拝の一番の近道ということで、道の始め、道始が転じて道志になったのだ、というものもあった。村の南西に位置する山伏峠の向こう側はもう、山中湖だ。川は山伏峠の近くから、北東の方角へ、つまり江戸方向へ流れている。海とは逆方向——それも妙な気がするが——の津久井湖の近くで相模川に合流する。

八王子から車で、道志川の上流をめざすようにして国道413号線を通り、道志村へ向かったことがある。

山肌のあちこちから滲《にじ》み出た水が、一筋の川へと寄り合うように、水音もさやかに渓谷はうるわしく、オゾンで体が浄化されるようだった。道の駅だっただろうか、道路沿いの施設で、地域の行事、団子さしのポスターを見た。その団子さしの内容が、エッセイストの北原節子さんの本で読んだ内容とよく似ていて、「同じだ」と、思わず小さく声に出した。

福島県を中心とする東北地方の「団子さし」は、小正月、まゆ玉に似せた団子を、色味などもつけたりしながら作り、ミズキの枝に刺し、枝に満開の花々が咲いたようにしつらえて、一年の豊作や家内安全を願って室内に飾る。団子の他に、鯛《たい》の形の飾り物などおめでたいものを刺す場合もある。これも一年で一番暗く花のない季節に花を咲かせる民間の知恵なのだろう。正月が過ぎて、またパッとすることのない日常が続くのか、と思いがちな時期に、気持ちが晴れ晴れとする飾りもので気分も引き立つというもの。

東北の友人からそういうことを聞いたとき、そういう風習は、九州にも関西にもなかった気がする、と、応《こた》えた。以来団子さしは東北のものと思っていた。それからずいぶん経《た》って、私は「団子さし」と思《おぼ》しき風習に再び出会った。北原節子さんの『息子と行く山』というエッセイのなかでである。彼女は東京から藤野町という、相模湖を見下ろす山間の地に引っ越し、そこで子育てもする。ある日学校から帰った息子さんが、地区でこれから「だんご焼き」が行われるけれど、自分は参加できない、と悲しそうに呟《つぶや》く。聞けば、どんど焼きのようだ。彼女はそういう昔ながらの風習に参加できる機会を喜ぶが、団子と、それを刺す棒もいるということ。棒なら庭の桑の枝を持っていくようにいうと、息子さんは「何もわかっちゃいない」とますます悲嘆にくれる。困った彼女は近所に聞きとりに行く。「「これが、団子焼きの棒です」家人が持ってきたその棒は、まったく予想を外れたものであった。一メートル半ぐらいの長い棒だが、先は三叉《みつまた》に分かれてユリの花のように外側に開き、さらに鋭く削ったその三叉の枝先に、直径三〜四センチほどの団子が、一つずつ三個刺してある」。

各地で小正月に行われるどんど焼き（左義長）と、同じく小正月に東北で行われる団子さし（東北ではその棒の材はミズキに限られるが、この地方では梅や樫《かし》など、なんでもいいようだ）が合体し、どんど焼きの火で、団子を炙《あぶ》って食べ、無病息災を願う。道志村の団子さしのポスターは、この藤野町の団子焼きの写真とそっくりだった。昔から陸の孤島とはいえ、国境を越えた隣の藤野とは、細い山道を伝い、水が滲むように文化も伝播《でんぱ》してきたのだと、往時を思った。

沖縄の地名

普天間　ふてんま　116

沖縄県、宜野湾市《ぎのわんし》、普天間にある普天満宮は、一見普通の神社のようだが奥に御嶽《うたき》を抱えている。そもそもこの御嶽が主で、建物は文字どおり屋代《やしろ》なのだろう。お札を売っている係りの方にお願いすると、待合室（？）に通され、しばらくすると洞穴へ向かう戸の鍵《かぎ》が開けられる。洞穴は鍾乳洞《しょうにゅうどう》の洞で、入口辺りに生い茂る植生が、密林を思わせるオオタニワタリ（シダの仲間）などで占められており、改めて南島にいることを実感させた。内部は天井が高く、一部広間のようで（全長は二百八十メートル）、荘厳と妖気《ようき》の中間くらいの濃い気配が漂い——有無をいわさず引き込む力、といったらいいか——古代から拝所《うがんじゅ》として尊ばれていた場所だということがわかる。待合室から洞穴の入口へ移動する間に、硝子《ガラス》戸の向こうにここで発掘された化石などが展示されていた。二万年前のリュウキュウジカやリュウキュウムカシキョンなどの骨の一部であった。

リュウキュウジカは更新世（約二五八万年前から約一万年前まで）の終わり頃まで沖縄本島に生息していたとされる。古代どころではなかった。オオヤマリクガメとほぼ同時期に絶滅しているので、更新世人類がこれらの動物を捕食して、絶滅させたという可能性を示唆《しさ》する学者もいるらしい。人類が絶滅させた動植物は天文学的な数字に上ると思われるが、だとしたら、すでに更新世からそれは、始まっていたということになる。この洞穴の入り口付近には貝塚も見つかっている。

時代は一気に飛び、多神信仰である琉球古神道《りゅうきゅうこしんとう》を芯《しん》にした神聖な場所になっていった洞穴とその周辺は、日本の権現《ごんげん》信仰と融合し、十五世紀頃から普天満宮と呼ばれるようになる。

沖縄研究者の宮城真治氏は、昭和七年の自序のある『沖縄地名考』で、普天間はフティマと読まれ、それはクティマの転じたものではないかといっている。クティマという言葉は、「湫《くて》」から来ており、『言海』（当時流通していた明治時代刊行の国語辞典）を引いて、湫とは、「窪手の略か。低くして水ある地の称と云」う、と引用している。類推を重ねてたどり着いたような説だが、普天満宮の洞窟《どうくつ》が、地表から降りて行ったところにあり、鍾乳洞の常で水が滴《したた》り、水流の跡があることも考えれば、そこが（クティマの転じた）フティマと呼ばれるようになったことも、そして神々を祀《まつ》るようになってから普天満宮と名付けられ、それにちなんで辺りの集落が普天間と呼ばれるようになったというのも、自然な流れのように思える。

確かに調べても、その他に有力な説が見当たらない。普天間の地名は、普天満宮によるとされているものが多いが、ではその普天満宮の名の由来は、というと、これも明確なところはわからない。普天満女神から、というものがあるが、そもそもその普天満女神とは、首里の桃原《とうばる》に住んでいた娘が、普天間洞穴に逃げ込んで出てこなくなった、という伝説からその名がついたわけで、ではその普天間洞穴の名は……と、堂々巡りなのだ。

ちなみにその伝説とは、美しいと評判の姉娘が、ある日、自分の父と兄の乗った船が遭難している白昼夢を見る。助けようと、兄の手は取った、さあ父の手も、というところで、母親に声をかけられ、我に返り、白昼夢は消える。案の定、悲運の知らせが届き、兄はなんとか助かったが父は帰らぬ人となったことを知る。それから誰にも会わずに閉じこもるようになったが、妹娘と結婚した義弟が、美貌《びぼう》で名高い姉娘の顔を一目見たいと無理を言い、ついに折れた妹は、夫の願いを叶《かな》えるため、挨拶《あいさつ》をよそおい姉の部屋に入る。その隙に戸口から盗み見ようとした妹の夫に気づいた姉娘は、すっかり嫌気がさしたのだろう、桃原から走って、森を越え、丘を越えていくうちに輝かしい姿となり、普天間の洞穴に入った。二度と出てこなかった彼女は、女神として祀られるようになった、という。

首里から普天満宮までは、車でも距離がある。首里城から普天満宮までは、参詣《さんけい》のための普天間街道があった。しかし今では米軍基地によって分断され、名高かったリュウキュウマツの並木も残ってはいない。宜野湾市教育委員会文化課が、近年米軍住宅跡地を調査すると、この普天満宮へまっすぐに向かう、琉球石灰岩の敷き詰められた、真っ白な道が出てきたそうだ。

宜野湾市の中央部、最も晴れやかな台地——今は米軍海兵隊の飛行場滑走路となっている——であるこの丘を、娘は走り、走り、一人で走り抜いたのだろうか。神々《こうごう》しい女神の姿となるまで。

読谷山　ゆんたんざ

117

嘉手納《かでな》や読谷村《よみたんそん》の戦前の写真を見ると、丈高く緑濃い木々や、水辺に恵まれた風景のなかで、それをたっぷりと享受《きょうじゅ》している人びとの生活が垣間《かいま》見えて楽しい。牛や馬と共に歩いたり、笑顔で遊ぶ子どもたちの笑い声まで聞こえてきそうだ。けれど現代の同じ場所と思われるところと、あまりに違うので、歩いていて、また車に乗っていて、風景の連続性を見失い、地に足がつかないような気分になることがある。ビルが建って道路が舗装されて云々《うんぬん》の様変わりではない、決定的な変化。

土地の形が、自然災害によってではなく、人為的に変わる場合がある。例えばセメント会社の石灰岩採掘。秩父の武甲山や関ヶ原近くの伊吹山、鈴鹿山脈の藤原岳のように、パックリとえぐれて、見ただけで痛々しく、あんなことをして許されるのか、神が宿る山だろうに、と声を上げたくなるものがある。新幹線で近くを通るたび、もうそろそろと車窓を気にし、天気よく全容が見えれば、「ああ、伊吹山だ、神々しいな」と思う気持ちと、やはり痛々しくて目を背けたくなる気持ちとが、時間差でほとんど同時に湧き起こる。行きずりに見るだけでそうなので、幼い頃からそれを見て育った地元の方はさぞつらいことだろう。だがそれはまだ、「痛めつけてやる」という決意のもとにやったものではないので、心の痛みもましなほうなのだと知った。「痛めつけてやる」という言い方は感情的で子どもじみてはいるがまだ可愛《かわい》げがある。

実際は、もっと冷徹な、破壊のための破壊だ。虚《むな》しくそら恐ろしい。土地の形が変わるまで、攻撃を受けたとしても、土地が反撃することはない。土地はただ、耐えるしかない。

米軍が沖縄を最初に攻撃したのは終戦の前年、一九四四年十月十日であった。その日、主都那覇とともに、日本軍の飛行場があった読谷村も攻撃を受けた。以来村への空爆は続き、ことに上陸日の翌年四月一日が近づくと、それに艦砲も加わった。艦砲だけでも「二五日から三一日までの七日間の間に、砲弾一万五〇〇〇発以上、五一六二トンを打ち込んだ」(『沖縄・チビチリガマの〝集団自決〟』下嶋哲朗著、岩波ブックレット)。

四月一日に至っては、三時間で九万九五〇〇発、一分間に約五五二発という気の遠くなるような砲弾が、読谷村の緑の山河を吹き飛ばしたのであった。米軍がなぜここまで執拗《しつよう》に攻撃したかというと、ここに日本軍の軍事拠点があると信じていたからだ。上陸準備として、徹底的に、完膚無きまでに破壊する。そうでなければ民間人ばかりの小さな村に、これほどまでの攻撃はしなかっただろう。本来、民を守るべき日本軍は、島の南部に集結して米軍を迎え撃つ作戦を立てていた。事前の情報でそこから米軍が上陸するだろうとわかっていたのに、村民には何も知らせず、見捨てたのだった。

各方面から読谷村沖に集結した米軍は、総員一八万三〇〇〇人。

村民の死傷者は言うに及ばず、彼らが信仰の拠《よ》り所とする山河に至っては、その形が変わった。まさに鉄の暴風としかいいようがない。米兵上陸後の写真を見ても、まるで茫漠《ぼうばく》とした荒野か砂漠に掘建小屋があるようで、緑の木々など一本も見えない写真が大部分である。戦前の写真から比べると、言葉を失う。

読谷村は戦前まで読谷山（ゆんたんざ）と呼ばれていた。その昔、表記は四方田狭（よんたんさ）であったらしい。四方を田に囲まれた、豊かな土地であったのだろう。

喜名　きな　118

読谷村の山手を歩こうと、何度か58号線を（宿泊していた）北谷《ちゃたん》から北へ走り、喜名の交差点で左折した。そのあたり一帯が、喜名である。『おもろそうし』（一五三一年から一六二三年にかけて編纂《へんさん》された沖縄・奄美《あまみ》群島に伝わる歌謡集。おもろとは、思いから出てきた歌、そもそもは祝詞《のりと》がもとにあるといわれている）では、「きなわ」という呼び名で出てくる。「「きなわ」は火田・開墾地・大荒地《ウファアーラジ》などの意味をもっているようである。恐らく遠い昔の焼畑時代の集落から発達した部落であろう」（沖縄県歴史の道調査報告書三より／部落という名称は集落という意味で使っている）。

　この喜名の交差点の辺りに、「道の駅・喜名番所」がある。いわゆる「道の駅」とは少し様子が違い、記念館的な建物になっている。喜名番所は古代からの「駅」であり、十五世紀後半から、沖縄の歴史にたびたび登場する重要な番所であった。いわば本物の「道の駅」。一八五三年六月三日、休憩したペルリ提督の測量隊一行十二名は、この喜名番所のスケッチを残している。大木の木陰で休息する人びと、のんびりと立ち話をする人びと、駕籠《かご》に乗って道を急ぐ客、日傘をさして歩く婦人……。百六十六年後の同じ場所に臨む。58号線の激しい車の往来の向こうに、なんとかその風景を再現しようと、脳は試みるのだった。

今帰仁　なきじん　119

今帰仁——読むのが難しい村名だ。東シナ海に突き出た本部半島、沖縄本島の北部のヤンバル（山原）と呼ばれる、山深い地域にある。
　村内で一番有名なのは、世界遺産にもなった今帰仁城《グスク》だろう。残っているのは石垣だけだが、どこまでも広がる空の青と白い雲に、これほどうつくしく映える石垣は他にないのではないだろうか。グスク、というイメージそのままだ。築城時の状況は、年代が十二〜十三世紀ということ以外、はっきりしたことはわからないが、それが焼け落ちたのは、一六〇九年、薩摩《さつま》軍の琉球侵攻の折だということは記録が残っている。関ヶ原の合戦が一六〇〇年だから、未《いま》だ戦国時代の粉塵《ふんじん》もおさまらぬなか、実質的には実効支配の南進を目指した薩摩軍が、琉球へ軍隊を差し向けたのだ。当時の日本社会は、殺した敵の首を取ってその数を競ったり、名のある武将の首級をかざして名誉とする、そういう価値観の時代である。それまでの琉球は、内戦はあったにせよ、そこまでの残虐性《ざんぎゃくせい》には慣れていなかったのではなかろうか。船に乗って本土から出港し、琉球に至るまでの途中の島々で、その薩摩の軍隊は、多くの琉球兵（当時、奄美大島までは琉球が統治していた）を殺戮《さつりく》してきた。彼らがやったこと、そしてどうやら城近くの浜から上陸しそうだという情報も、本島には伝わっていたのだろう、城にいた役人や兵士たちは皆逃げ出した（ごくまっとうな感覚だ。殺人鬼の集団が大挙して押し寄せたようなものだから）。上陸した薩摩兵は、戦わずして城に火をかけたのだ。

薩摩が城を落とした一六〇九年、「みやきせん」と呼ばれていたこの地域が、「いまきじん（今帰仁）」と記録されている（『喜安《きあん》日記』）。沖縄の民俗学者・伊波普猷《いはふゆう》によれば、この地名は、外来者統治（いまきじり）から来たのだという。「なきじん」と読まれるようになった由来ははっきりしない。

平良　たいら　120

当時の琉球王は尚寧王《しょうねいおう》といい、もともとは首里から少し離れた浦添《うらそえ》城主であった。首里の王族尚氏の分家の出身で、男子のなかった尚永王の娘婿《むすめむこ》となり、一五八九年王位についた。自らが浦添に通うための必要もあったのだろう、一五九七年には、首里城から浦添城への街道の拡張整備に掛かり、見ごとな石畳道を作り、首里の地に入るには欠かせなかったが、板橋であったために大変危険だった平良橋《たいらばし》を、琉球で初めてのアーチ型の石橋に架け替えた（太平橋と名付けられた）。この石橋や大土木工事を褒め称《たた》える文章が、「浦添城の前の碑」に刻まれて残されている。平良橋というのは、この辺りが平良という地名だった故の呼び名である。

せっかく作ったその石橋が、皮肉なことにその十二年後、薩摩軍を首里へ通す役目をすることになる。この太平橋を挟んで両軍が睨《にら》みあうことになったのだが、琉球軍の指揮官が被弾し、薩摩軍が彼の首級を上げると、その残虐さを目の当たりにして衝撃を受けた琉球軍は城内に逃げ込み、薩摩軍が太平橋の向こうになだれ込んだ。尋常の神経なら、それまで生きて自分たちと普通に接していた人物の首を見せつけられれば、誰だってショックを受ける。

太平橋はその後、第二次世界大戦までその役目を果たしていたが、今度は一九四五年、米軍の侵攻を恐れた日本軍によって爆破された。その後、少し川上に、新しい平良橋が架けられていたが、四年前、道路拡張工事の前に行われた埋蔵文化財発掘調査で、この太平橋の擁壁とみられる石積みが発見された。

早春の日に、安謝川《あじゃがわ》にかかるこの橋を見に行った。「平良交差点」近く、という情報をもとに人に尋ねながら行ったのだが、「平良交差点」を知っている地元の人に当初出会うことができず、有名な場所ではないのだ、と意外に思った。ようやくたどり着いた平良交差点は、交通量は多いものの、見過ごされても仕方がないほど何気ない場所だった。その近くの平良橋もまた、え、まさかこれが？　と驚くほど小さかった。というのも川自体が、深さはあったが小川といっていいくらい小さかったのである。確かに飛び越すのは無理だろうが、これがあの歴史に名高い平良橋（この橋自体は戦後のものだが）なのか、と感慨深いものがあった。発掘されたという太平橋の遺構は、ブルーシートで覆《おお》われ、一部しか見ることができなかった。

尚寧王は薩摩の琉球侵攻の後、三人の政府高官らとともに、人質として薩摩軍により江戸まで連れて行かれ、屈辱的な文書に署名させられ、以後琉球は実質的に日本の支配下に置かれることになった。帰国して一六二〇年まで在位。数奇な運命を辿《たど》った王であった。

東風平　こちんだ　121

東風平とかいて、こちんだ、と呼ぶ。「こち」は東風、菅原道真の「こちふかば……」の和歌でも有名な昔からの東風の呼び方だ。東風の吹く平原——沖縄本島南部、内陸の真ん中辺り。どこにも海がない。ここは沖縄県史上初の民権運動家、謝花昇《じゃはなのぼる》の生地であり、彼が生涯を閉じた場所だ。

東風平の農家に生まれた謝花昇は、幼い頃から向学心旺盛《おうせい》だったが、学齢に達しても就学できずにいた。当時多く見られた例だったようだが、彼もまた貧しさ故に、幼いながら農家の労働力として期待されていたのである。しかし草刈りを抜け出しては教室の窓の外で漏れてくる教師の声を聞こうとする彼の様子に心動かされた母親の、父へのとりなしで、入学を許される。その後は英才の誉れ高く、東風平謝花と呼ばれ、県の師範学校へ進む。更に選ばれて第一回県費留学生として東京の学習院へ進学するが、常に首席で通した。その先の進路として農科大学を選んだのは、いずれ沖縄に帰って貧苦にあえぐ故郷の人びとの役に立つ学問を、と思ってのことだっただろう。中江兆民の感化を受け、幸徳秋水らとも交わり、自由民権の思想に心酔した。役人の横暴に苦しむ故郷の現状を変えねばならないという決意を新たにしたに違いない。「卒業後も東京に残って学問の道を極めるべき、君は沖縄の謝花ではなく日本の謝花だ」と勧める周囲の期待を振り切り、沖縄県庁に検査技師の職を得て、華々しく帰還した。

その一年後、奈良原繁が沖縄県知事として赴任してくる。その傍若無人ぶりは、沖縄専制王と呼ばれたほどだった。人事では県民を官職から遠ざけ、本土から来た知己を優遇する、政策では今まで農民の共有地であり薪《まき》など燃料の供給地であった杣山《そまやま》を開墾し、農民から取り上げ、那覇の特権階級や県外の有力者のものにする（この辺りは今の沖縄の現状とそれほど変わっていないのではないか）等々、その一つ一つに謝花は激しく反対し、対抗策を練るがすべて潰《つぶ》され、ついには辞官して野に下り、奈良原の悪政を世に知らしめようとする。が、奈良原が手を回した暴力団に白刃《はくじん》で襲いかかられるような目に遭う。奈良原は幕末の寺田屋騒動で鎮撫使《ちんぶし》として尊皇派の志士を手にかけた人物であった。自分に歯向かう謝花を徹底的に潰そうと画策したのだろう。立ちはだかる敵を問答無用で切り捨てるような、猛々《たけだけ》しく荒ぶる魂を武士の鑑《かがみ》と評価するような精神と、自由民権運動の理想家のインテリが、まともにぶつかってしまったむごさ。謝花はついに精神を病み、故郷の東風平で、極貧のうちに四十四歳の若い命を落とす。

最後まで彼を看病し続けた妻、清子も、主治医として彼を看取《みと》った我如古《がねこ》楽一郎もまた、東風平で生まれ育った。謝花は沖縄に帰ってからは乗馬もよくし、東風平でも日常的に乗りこなして馬で知人宅に赴くことも良くあったようだ。文武両道でスポーツマンとしても才能があったと伝記には記されている。

富盛　ともり　122

東風平の富盛に、築年代不詳の勢理城《ジリグスク》遺跡のある小高い丘があって、そこに沖縄最古、最大の石彫大獅子《ウフジシ》、シーサーがある。一六八九年、村に火災が頻発し、困り果てた村びとたちが風水師に尋ねたところ、原因は当時火の山と呼ばれていた八重瀬岳にあるという託宣を得る。それに従い、火の山の力を抑えるため、シーサーを建てた。以来、火災はなくなったという。その二百五十六年後の一九四五年、シーサーは空前絶後の火除《ひよ》けを務めた。彼の向かっている方向、八重瀬岳の辺りに、首里から撤退してきた日本軍が塹壕《ざんごう》を築き、沖縄戦では最後の組織的な戦いが繰り広げられたのだ。

小山の麓《ふもと》にある駐車場に車を停め、石段を上って行くと、この石獅子、シーサーが待っている。村が一望できる高台。今では公園のように整備され、ガジュマルの木々が生い茂り、鳥の声が聞こえる。沖縄公文書館に、彼の戦時中の写真が残っている。草木一本も見当たらない、荒涼とした小山。それが勢理城だとわかるのは、この同じシーサーが、写真のなかに佇《たたず》んでいるからだ。その周りには、まるで彼に隠れるようにして、米兵が日本軍の様子をうかがっている――そういう写真。今の、ガジュマルが木陰を作り、緑が生い茂る勢理城と同じ場所とは想像もつかないが、これは確かにあったことなのだ。それが証拠に写真のシーサーについている無数の弾痕《だんこん》が、今の彼にも残っている。(味方であるはずの)日本軍からの凄《すさ》まじい攻撃を無言で引き受けている写真には、祈りの力さえ感じる。

弾痕をなぞって、瞑目《めいもく》するひとも多かろうと思う。

あとがき

先日、二〇〇四年に起きた新潟県中越地震で壊滅的な被害を受けた山古志村のことが、テレビで放映されていました。久しぶりで故郷を訪れた女性の方が「できるならこの土を持って帰って、いつも触っていたい」と呟《つぶや》かれた。それが私のなかで、東日本大震災で被災し、生まれ育った故郷を離れて暮らさざるをえなかったSさん（大熊町）の、望郷の思いと重なりました。取材の最後のほうで、ポツンと「帰りたい。いっていわれれば、今すぐにでも帰りたい。飛んで帰りたい」とおっしゃっていた。

ひとはこんなにも分かち難く土地と結びついている。長い年月をかけて思いをかけられた地名は、ときに生きていくエネルギーを鼓舞し、ときに鎮魂の役割もしてきたのでしょう。

今いる場所から風が訪れていくように遠いその土地を思う。そこは誰かのたいせつな故郷でもある。地名の味わいの奥深くには、そういう膝掛《ひざか》け毛布のような温かさと重みが在るように思われてなりません。

二〇二〇年一月

梨木香歩

特別収録　ここは美山と呼ばれる地

その簡素な山里の村の名を聞いたのは高校生の頃で、いつか行きたいと思っていたのだが、実際に訪ねたのは、ついこの間である。四十数年かかってたどり着いた、のかもしれない。南九州の野山をいくつも越えて、もうすぐ東シナ海へ出るぞ、というようなところにその村はある。県道の脇《わき》の駐車場に車を停め、竹藪《たけやぶ》の小道を丘の上へ向かって歩いていくと、何やら竈《かまど》のようなものが、半分土に埋もれるようにして竹藪のなかに見える。小山のように盛り上がり、蔓《つる》や野生のハランなどがその小山の正体を覆《おお》い隠さんばかりに生い茂っている。窯《かま》の口はいくつかあって、それぞれ耐火煉瓦《れんが》のようなもので縁取られている。調べるとそれは古い登り窯の跡なのだった。元々は竹藪ではなく、打ち捨てられているうちに竹があちこちから出てきて、やがて竹藪になってしまったのだろう。いつかは埋もれて、跡形も無くなっていくのだろうか。ひと昔前までは、確かに鄙《ひな》びた、俗気のない村だったのだろうが、今ではそれが美風ともてはやされる様になって、村内のあちこちにカフェやレストラン、雑貨の店が散在している。今ふうのセンスの良いマップに従って、各々《おのおの》の店を回るコースもあるようだ。そういうといかにも時流に乗った騒々しく賑《にぎ》やかな場所に変貌《へんぼう》したように聞こえるが、実際はそういう店々も村の家並みを壊さない、ひっそりとした佇《たたず》まいで、「隔世の感がある」とか、「せっかくの雰囲気が台無しだ」とかいう状況では、まだまだ、ない。店のオーナーの大部分は村外の出身で、働く人も村外から出勤してくるようである。店を運営する側も私のように観光目的(?)でやってくる側も、この村の佇まいが好きでやってくる人たちであることは間違いがなく、皆、暗黙のうちに何かを壊さぬよう、そっと協力し合っている気配がある。でも、何を?　何を「壊さぬよう」協力し合っているのだろう。

そこは、今から四二三年前、慶長二年(一五九七年)に始まった豊臣秀吉の朝鮮出兵の折、島津義弘がかの地から連れ帰った陶工たちを祖に持つ人びとの村だった。連れ帰ったといっても、陶工たちは別の船で、しかもどういうルートを辿《たど》ったのか、実際に薩摩《さつま》の浜に着いたのは主船の帰還よりずいぶん後のことだったという。紆余《うよ》曲折ののち、故郷の風景を思い出すというので海岸から内陸にしばらく歩いたその地に居を構え、爾来《じらい》ずっと、明治維新まで、朝鮮の言葉と風俗を守り続けた。それは藩の方針でもあったのだが、すでに故郷を知らぬ子孫の間にも、代々故郷を恋う思いは遺産のように引き継がれていった。望郷の思いが、村の土に染《し》み込んでいるのだった。

高校生の頃、初めてその村の名を聞いたのは、十四代・沈壽官《ちんじゅかん》氏の講演でであった。愛《いと》おしそうにご自分の生い育った村の歴史を語られた。まるで私たち生徒を伴って村内を散策しているかのように村の丘を語り、神社を語り、ご自分の窯を語り、作陶を語り、遠い父祖の地をも語られた。あふれんばかりの豊かな愛情が場内を包んでいるかのようだった。

土地を思う気風は美意識になって、それぞれの焼き物に現れているのだろう。あれから四十数年が経《た》ったけれど、訪れる人も、その人たちを相手に村で商いをする人たちも、そしてもちろん元々からの住民の方々も、四百年以上もここで静かに醸成されてきた「故郷の土地を恋う思いの美意識」を壊さぬよう、台無しにせぬよう、協力し合っているように思えるのだった。

地名はそれぞれ、独自の風貌を持つ。地名の向こうには、人が深く故郷を思う気持ちが見え隠れしている。その土地を知らない人間にも、その気配は感じられる。故郷はその人のアイデンティティによほど深く関わるのかもしれないが、記憶にある限り住んだこともない土地にも、人は思いを馳《は》せ、そしてその地名を脳内のどこかにコレクションする。ここは昔、苗代川《なえしろがわ》と呼ばれ、今は美山《みやま》と呼ばれる地。

今回上梓《じょうし》する『風と双眼鏡、膝掛け毛布』は、そういう地名を集めた本である。

（「ちくま」二〇二〇年四月号より）

文庫版あとがき

専門的な知識もないまま、好きが高じて書き綴《つづ》った「地名を巡る」小文だった。本書は新聞の小さなコラムの連載を単行本にした『鳥と雲と薬草袋』、そしてそれより は少し長いスペースでPR誌に書いた『風と双眼鏡、膝掛け毛布』の二冊を、合本として文庫に入れていただいた一冊である。連載していた当時から、地名の謎《なぞ》を解きたいと思いつつ、力なく解けないままでいたものに関しては、知りたい気持ちがずっと燻《くすぶ》っている。それなのでお読みくださった方から「それはこういうわけなのです」あるいは「私はこう思うのです」というような連絡をいただくと、本にしてよかった、としみじみ思う。いただいたお手紙のなかから読者の皆さんと共有したい情報を一つ、ご本人の許しを得、紹介したい。P233「子ノ口《ねのくち》」の項に関してで、お手紙の主はNPO法人　奥入瀬《おいらせ》自然観光資源研究会のKさん。本文では（管見で）由来を探し当てることができないまま根の国に関係あるのではないかと書いていた。しかしいただいたお手紙にはこう書かれていた。

「大正時代に書かれた当地のガイドブックによりますと、その当時から子ノ口の地名は『子ノ口』のままなのですが、現在の銚子《ちょうし》大滝（魚止めの滝）の名称については『銚子の口滝』とも書かれております。このことから、かつて子ノ口から銚子大滝までの一帯が『銚子の口』と呼ばれており、子ノ口という地名の由来は、この『銚子の口』が約《つづ》まったものとする見方もあります」。

なるほど、と思った。目から鱗《うろこ》だった。自分の不明を恥じる、という言葉があるけれど、確かに恥入りながらも、一方ではもやもやとかかっていた霧がすっかり晴れた爽快《そうかい》さで、嬉《うれ》しくてならなかった。ありがとうございます。

なお、P35で稗貫《ひえぬき》という地名は完全消滅と書いたが、稗貫川という川が存在し、川の名前で残っているということも単行本出版後にわかったこととして、合わせて記しておきたい。

地名に関する思いは、収録した二つのあとがきで書いたので、ここでは割愛したい。巻末に収録した「ここは美山と呼ばれる地」は『風と〜』が単行本となるときに、PR誌「ちくま」に寄せた、地名に対する好奇心の大元になるものとして書いたエッセイである。地名エッセイの最後を飾るものとして、ここに残した。「解説　薬草袋の効用」は、『鳥と〜』が単行本となるとき、同じようにPR誌「波」にいただいたもので、再掲を許可してくださった吉田篤弘さんのご厚意に深く感謝している。

『鳥と雲と薬草袋』連載中にお世話になった西日本新聞社の大矢和世さん、単行本化の際に編集してくださった新潮社出版部の北村暁子さん、『風と双眼鏡、膝掛け毛布』で編集を担当してくださった筑摩書房の喜入冬子さん、文庫版にご尽力くださった新潮社新潮文庫編集部の大島有美子さん、皆さんのおかげで一冊の本にまとめることができました。ありがとうございます。

二〇二一年八月

梨木香歩

解説　薬草袋の効用

吉田篤弘

　読み始める前から、そして、読み終えてしばらくしても「薬草袋」という言葉から漂うほのかな香りに陶然となる。

「薬草袋」とは、梨木さんが旅行鞄《かばん》に忍ばせている「ごちゃごちゃ袋」のことで、常備薬、乾燥したハーブのブーケ、そして、旅の途上で控えたメモなどがおさまっている。

　その袋、ぜひ欲しい、と思ったあなた（かく言う自分も即座に喉《のど》から手が出かかったのだが）、この一冊がそのまま「薬草袋」の代わりを果たしてくれます。

　目次をひらくと「鶴見《つるみ》」「京北町《けいほく》」「日向《ひゅうが》」「善知鳥《うとう》峠」といった日本の地名が並び、その地名をめぐる短い文章が連なっている。「葉篇集」と著者は呼んでいるが、掌篇ではなく葉篇という聞き慣れない言葉を選んでいるのが、お名前に二本の木が並んでいる梨木さんらしい。

人の名前がそうであるように、土地の名前にも木が並んでいたり、雲が浮かんでいたり、鳥が飛んでいたりする。

「地名とは歴史の厚みや地勢的な経験が凝縮されたシンボリックな記号である」と梨木さんは書いている。この一文をさかさまに解いてゆけば、記号を手にして、実際にその土地へおもむいて歩き、歩いた自分の体の中に、かつてその土地に生きた人々が見たもの聞いたものを呼び戻す。そうした体験を促すものが地名の正体かもしれない。

梨木さんは、記号として二文字、三文字に凝縮された漢字をひらいてゆく。ときに、漢字を分解し、あるいは、仮名にひらいて、その音に耳をかたむける。その腑《ふ》分《わ》けと聞きとりの適確さ、そして、その先に浮かびあがる地名に宿された風景や人の思いの彩《いろど》り豊かなこと。

たとえば、宮崎県に「新田原」と書いて「にゅうたばる」と読む地名がある。

「新、と書いて、にゅうと読ませるなんて、英語の new を思わせ、斬新《ざんしん》な名まえのように思っていたら、付近は新田《にゅうた》という、鎌倉期から記録に出てくる、由緒《ゆいしょ》ある地名なのだった」

「宮崎には、なぜか子音に yuu と続ける土地名が多い」

「古代、使われていた言葉の発音は、今の日本語のようにかっちりしたものではなく、もっと風の吹く音のような、小鳥のさえずりのようなものだったのではないかと思うと、そういう言葉が飛び交う日常を想像して楽しい。恋人同士のささやきが優しいのは言うに及ばず、路上でおしゃべりする声、母親が子どもを寝かしつける声、叱《しか》る声さえ、鳥の声のように流れていく」

文字から起こされた情景は、音をともなってのびのびとひろがってゆく。それは、展開される推論が断定的ではなく、文字に遊びながらも「文字のない世界に憧《あこが》れる」と書かれるおおらかさにある。文末が、たびたび「だろうか」「だそうだ」「らしい」と結ばれ、学術的な結論ではなく、囲炉裏端で旅人の問わず語りを聞くような安らぎがある。

とはいえ、この本におさめられた四十九の地名が示す場所は、いずれも梨木さんが、かつて住んでいたところ、もしくは、旅したところである。見ること聞くことは、写真や映像を通して擬似的に体験できるかもしれないが、「薬草袋」におさめられたハーブの「香り」は、それぞれの土地から持ち帰るより他ない。自分の足で歩いて見つけてきた香りがこの本にはしっかり封じ込められている。先の記号をひらく方法に倣《なら》うなら、梨木さんのファースト・ネームは「歩いて香りを持ち帰る人」の意であるかもしれない。

読み始めてすぐに、あたらしい地図を買いたくなり、「通る人がなくなると、道は消える」「歩かなければ」という著者のつぶやきを読んで、旅に出ようと思い決める。旅行鞄の中であたらしい地図とこの本を重ねれば、きっとそこにいくつもの時間が重ねられて、「薬草袋」が香り立つ。

効き目は保証済みである。

（「波」二〇一三年四月号掲載の『鳥と雲と薬草袋』書評を再録、作家）

この作品は、二〇一三年三月新潮社から刊行された『鳥と雲と薬草袋』と二〇二〇年三月筑摩書房から刊行された『風と双眼鏡、膝掛け毛布』を合本して文庫化したものである。

鳥《とり》と雲《くも》と薬草袋《やくそうぶくろ》／
風《かぜ》と双眼鏡《そうがんきょう》、膝掛《ひざか》け毛布《もうふ》

新潮文庫　な－37－14

令和三年十月一日発行
令和五年四月五日二刷

著者　梨《なし》木《き》香《か》歩《ほ》
発行者　佐藤隆信
発行所　株式会社 新潮社
郵便番号　一六二—八七一一
東京都新宿区矢来町七一
電話 編集部(〇三)三二六六—五四四〇
読者係(〇三)三二六六—五一一一
https://www.shinchosha.co.jp
価格はカバーに表示してあります。
乱丁・落丁本は、ご面倒ですが小社読者係宛ご送付ください。送料小社負担にてお取替えいたします。

印刷・株式会社精興社　製本・株式会社大進堂

ISBN978-4-10-125344-2 C0195